Chère lectrice,

L'année touche presque à sa fin, et il est temps de refermer, déjà, la dernière page de votre grande saga « La couronne de Santina ». Si, depuis plusieurs mois maintenant, vous avez vibré en lisant les aventures des Santina et des Jackson, ces deux familles que tout oppose, mais qui partagent un penchant immodéré pour l'amour et la passion, vous découvrirez avec un immense plaisir le couple romantique au cœur de ce huitième et dernier tome : Allegra Jackson et le prince Alessandro (*Un mariage à Santina*, de Carol Marinelli, Azur n° 3414).

Après des fiançailles éclair à Londres avec l'héritier du trône, la ravissante Allegra fait ses bagages pour Santina, prête à tenir son rôle de promise royale. Mais, dans l'atmosphère rigide de la Cour, isolée de tous, ce qui n'était qu'un arrangement de convenance se referme bientôt sur elle comme une prison dorée. Dans cet univers bâti uniquement sur les apparences, où le devoir et l'étiquette règnent en maîtres absolus, l'amour pourra-t-il triompher, et bouleverser l'avenir ?

Un avenir qui pourrait bien se faire radieux après de nombreux orages, comme pour contredire la grisaille de novembre…

Très bonne lecture,

La responsable de collection

La maîtresse du désert

PENNY JORDAN

La maîtresse du désert

collection Azur

éditions HARLEQUIN

Collection : Azur

Cet ouvrage a été publié en langue anglaise
sous le titre :
THE SHEIKH'S BLACKMAILED MISTRESS

Traduction française de
FLORENCE MOREAU

83-85, boulevard Vincent-Auriol, 75646 PARIS CEDEX 13.

Service Lectrices — Tél. : 01 45 82 47 47

www.harlequin.fr

ISBN 978-2-2802-8014-3 — ISSN 0993-4448

Prologue

Elle avait bien poussé un cri pour l'avertir, mais, de toute évidence, un peu trop tard… Ce fut ainsi qu'elle se retrouva propulsée contre le corps particulièrement viril d'un homme en peignoir qui, arrivant dans la direction opposée, tournait au même moment qu'elle à l'angle du couloir.

Elle eut le temps de remarquer ses épaules imposantes, son regard hautain et ses yeux d'un vert extraordinaire avant que ses sens ne soient entièrement submergés par la chaleur, l'odeur de musc et la sensualité émanant de l'inconnu… Elle perçut aussi le lourd battement de son cœur palpitant à l'unisson du sien. De ses doigts longs et forts, il agrippa son bras, et le contact de sa chair nue contre la sienne fit jaillir en elle une salve semblable à de la lave chaude, qui se répandit dans tout son corps… Elle se sentit tétanisée.

Le choc avait été si brutal qu'elle était presque collée à lui et que leurs cuisses se touchaient — les siennes étaient en coton et celles de l'inconnu tout en muscles. Et soudain, la sensation de chaleur intense qu'elle venait de ressentir fit place à un puissant désir qui réduisit à néant tout contrôle qu'elle pouvait exercer sur son corps, et elle eut la subite impression d'être bien faible face à cette virilité affirmée. Pis : elle se rendit compte que sa respiration se transformait en légers halètements dans le silence du corridor…

Il était impératif qu'elle se ressaisisse ! Elle devait détourner les yeux de sa bouche, ne pas se laisser envahir par son envie de l'embrasser…

Pourtant, quand elle croisa son regard, elle comprit qu'il partageait les mêmes pensées qu'elle !

Et, bien que la température n'ait pas changé dans le couloir, elle eut un léger frisson lorsqu'il pencha la tête vers elle, tout en enfouissant sa main libre dans le désordre de ses boucles couleur de miel.

Elle sentit alors son souffle contre sa bouche, un souffle où se mêlaient mille promesses. Elle observa avec précision ses lèvres se rapprocher des siennes jusqu'à presque les toucher. Quand il interrompit son geste, elle leva vers lui un long regard passionné et enflammé pour découvrir que ses yeux vert émeraude brillaient du même feu, de la même intensité, du même désir, consumant l'air entre eux.

Se hissant sur la pointe des pieds, elle entrouvrit la bouche et s'accrocha au col de son peignoir, pour ne pas vaciller : ce qu'elle était en train d'inhaler était le plus fort des aphrodisiaques !

Il effleura alors sa bouche de la sienne. Malgré elle, elle pressa les lèvres plus fort contre les siennes, comme si elle le suppliait de continuer. L'attrapant soudain par le menton, il fit enfin ce qu'elle attendait de lui et lui donna un baiser par lequel il prit possession de son être, comme le désert s'emparait de ceux dont il volait les cœurs.

Tout à coup, il y eut de l'agitation dans le couloir, et ils s'écartèrent bien vite l'un de l'autre. Les joues en feu, Sam s'enfuit à toutes jambes, consciente qu'elle allait être encore plus en retard à son rendez-vous qu'elle ne l'était déjà. Sous l'effet conjugué du choc et de l'incrédulité, son cœur cognait à grands coups dans sa poitrine.

Elle se trouvait dans le golfe Persique pour raisons professionnelles, pas pour se compromettre avec un homme !

Son voyage impromptu dans le désert avait renforcé sa détermination à obtenir cette mission pour laquelle elle avait déjà entrepris un si grand trajet, mais il l'avait également retardée. Voilà comment, dans sa hâte à honorer un rendez-vous, elle s'était retrouvée dans les bras de cet inconnu !

A présent, il ne lui restait plus qu'une demi-heure pour se préparer avant l'entretien, ce qui expliquait pourquoi son cœur battait si fort et de façon si désordonnée. Cela n'avait rien à voir avec l'homme qui venait de l'embrasser.

Comment un tel « incident » avait-il pu se produire ?

Elle savait pourtant bien que, dans cette région du monde plus qu'ailleurs, il était primordial pour une femme de ne pas compromettre sa réputation si elle voulait être prise au sérieux professionnellement. En aucun cas il ne fallait avoir un comportement déplacé avec les hommes du golfe…

Et, ainsi qu'elle l'avait appris lors du séminaire de préparation à son entretien, un comportement pouvait facilement être qualifié d'inapproprié, dans cette région : il suffisait qu'une femme effleure le bras d'un homme, ou qu'elle échange un simple regard avec lui. Ce qu'elle venait de faire était donc très subversif !

Et pourtant, en dépit de ce qu'elle savait, elle portait encore un lourd désir en son cœur, tandis qu'elle courait pour regagner sa chambre…

Mais en quoi consistait ce désir, au fond ? s'interrogea-t-elle soudain. Avait-elle cru qu'il allait l'entraîner dans sa chambre et lui faire passionnément et éperdument l'amour ? Quelle naïveté ! Décidément, son imagination était débordante…

Elle devait reprendre ses esprits, et quoi de mieux qu'une bonne douche froide pour tempérer ses ardeurs ?

Que lui arrivait-il ? se redemanda-t-elle une fois sous le jet glacé. Elle avait bien sûr entendu dire que le désert pouvait rendre fou — mais tout de même pas après un trajet de deux heures à peine, à l'intérieur d'un 4x4 de luxe climatisé ! Il fallait reconnaître que cet inconnu était d'une beauté frappante… Elle le désirait encore, c'était indéniable. Elle n'avait jamais connu une telle expérience, un tel bouleversement des sens ! Lorsque leurs corps étaient entrés en contact, elle avait eu la sensation qu'un courant électrique la liait à lui et qu'ils avaient fusionné, au point qu'elle avait ressenti une douleur physique intense d'être ainsi arrachée à lui.

Un simple regard avait suffi à la subjuguer et s'il lui avait alors demandé de s'engager avec lui pour le reste de sa vie, elle aurait accepté sans hésitation !

Elle essaya de rire de ses émotions, et se dit qu'elle était restée trop longtemps au soleil, et qu'il avait dû lui échauffer les sens. Evidemment, cela n'expliquait pas tout à fait ce qu'elle avait ressenti, mais c'était mieux que d'admettre que, d'un seul regard, elle était tombée amoureuse d'un étranger.

1.

Vere regardait par la fenêtre de son bureau sis au palais du Dhurahn, sans voir la beauté des jardins conçus par sa mère défunte qui s'étendaient devant lui. Toutes ses pensées étaient accaparées par le désert qui se déployait au-delà, et le besoin familier imprimé dans sa chair était aujourd'hui plus aigu que jamais. Il avait envie d'oublier toutes les responsabilités liées à sa fonction de chef d'un Etat arabe moderne pour profiter d'un autre aspect de son héritage, à savoir le désert et les hommes qui en étaient épris.

En un certain sens, cela n'allait pas tarder, se rassura-t-il alors. Naturellement, il se rendait dans le désert dans un dessein bien précis, et ce voyage l'emmènerait jusqu'aux frontières que le Dhurahn partageait avec deux de ses voisins du golfe.

Comme il traversait son bureau pour avoir une vue plongeante sur la cour où ses domestiques préparaient son départ, cet air distant et lointain que ceux qui ne le connaissaient pas prenaient pour de l'arrogance empreignit son visage. Il ressentait en effet tout le poids que faisait peser sur ses épaules son droit d'aînesse qu'il partageait avec son frère jumeau, même s'il était le plus âgé des deux de quelques secondes et que, par nature, il avait toujours été enclin à prendre les choses plus à cœur et plus sérieusement que Drax.

Pour lui, gouverner le Dhurahn comme son père et sa mère l'auraient souhaité était un devoir quasiment sacré.

Avant aujourd'hui, il n'avait éprouvé qu'une seule fois une envie aussi impérieuse de voir le désert et d'y trouver le réconfort que ce lieu lui apportait : c'était juste après la mort tragique de ses parents, la disparition de sa mère l'ayant profondément affecté. A cette pensée, il se sentait envahi par la détermination féroce de maîtriser les sentiments qui l'assaillaient.

Il était tout à fait impensable, en effet, qu'un désir charnel pour une de ces Occidentales avides qui venaient dans le golfe faire commerce de leur corps ait pu l'affecter au point qu'il considère que la seule façon d'y échapper était de se réfugier dans le désert, là où il avait cherché une consolation après la mort de sa mère.

Celle-ci était décédée alors qu'il avait quatorze ans, la moitié de son âge actuel, et qu'il s'efforçait de devenir un homme capable de prendre un jour les rênes d'un Etat. La perte de sa douce mère irlandaise, qui représentait pour lui la sagesse et l'amour et tempérait son désir de rivaliser avec la force de son père, avait détruit en lui la foi précieuse en la vie ; désormais, il était bien résolu à se protéger de tout sentiment pour ne plus jamais souffrir de la sorte.

Certains estimaient que, pour un homme de son rang, la seule manière de satisfaire l'appétit sexuel qui le taraudait consistait à se marier ou à prendre une maîtresse officielle. Son frère, Drax, n'était-il pas déjà marié ? Sa femme attendait d'ailleurs leur premier enfant qui devait naître dans un futur proche, et son jumeau lui avait confié qu'il aimerait le voir enfin marié.

Vere sourcilla tout en regardant les domestiques charger le 4x4 qui devait le conduire aux confins du désert, dans le fameux « Quart Vide ».

Il soutenait à cent pour cent l'initiative du chef d'Etat du Zuran qui voulait redéfinir les frontières qui séparaient les pays voisins du Quart Vide, où chaque Etat pouvait exercer certains droits territoriaux, chacun y ayant toutefois plus ou moins renoncé en faveur des tribus traditionnelles qui, depuis des siècles, considéraient cet espace comme le leur.

Le souverain du Zuran souhaitait que les habitants de la région frontalière bénéficient de la même protection en matière d'éducation et de santé que son propre peuple et, à cette fin, il avait pris contact avec ses voisins.

L'entreprise rejoignait les projets de Vere, à la condition qu'elle puisse être menée sans que les tribus soient privées de leur droit à conserver leur propre mode de vie. L'émir qui ne voulait pas être écarté des discussions, même s'il était un homme plus traditionnel, avait manifesté son désir de participer au projet. En un premier temps, le souverain du Zuran avait financé le coût d'une équipe de cartographes, afin que ceux-ci établissent le plan précis de toute la zone.

L'émir de Khulua, quant à lui, était persuadé qu'il serait nécessaire de revoir les frontières de chaque pays à l'endroit où elles se rejoignaient, c'est-à-dire précisément au Quart Vide.

L'idée était bonne. Restait à espérer que l'émir, connu pour sa tendance à vouloir imposer sa volonté, ne se servirait pas du nouveau tracé des frontières pour proclamer comme siens des territoires qui ne lui appartenaient pas. Après des discussions privées avec le souverain du Zuran, Vere et Drax étaient arrivés à la conclusion qu'ils devraient garder l'émir sous haute surveillance. Par mesure préventive, il avait été décidé que chaque souverain devrait s'impliquer à tour de rôle sur le terrain, et c'était maintenant au tour de Vere de se rendre dans la région frontalière.

Un mouvement, sur le balcon au-dessus de lui, lui fit lever les yeux : Drax et sa femme Sadie s'y tenaient, tendrement enlacés. La vue de leur bonheur et de leur amour partagé le toucha. Avant que son jumeau ne tombe amoureux, il n'aurait pas cru pouvoir être affecté de la sorte par un tel tableau.

En tant que jumeaux, lui et son frère étaient naturellement proches, mais l'accident de voiture qui avait emporté leurs parents avait encore renforcé le lien qui les unissait. Aux yeux du monde, c'était à Vere qu'il revenait, en tant qu'« aîné », de marcher sur les traces de son père, mais lui comme Drax savaient que leur père avait toujours souhaité qu'ils règnent tous les deux sur le Dhurahn. Cependant, tout pays étant censé n'avoir qu'un chef, ce devoir lui revenait.

Jusqu'à présent, la tâche ne lui avait pas paru ingrate. Tandis que Drax embrassait la modernité, notamment en matière d'architecture et de design, il était plus ancré dans la tradition. Son frère était extraverti et adorait la vie trépidante de la ville, alors que lui, plutôt introverti, préférait la solitude du désert. Tous deux se complétaient à merveille, et formaient les deux moitiés d'un même tout.

Comme beaucoup d'Arabes cultivés, Vere vénérait la poésie et étudiait les vers des grands poètes, mais récemment — et bien qu'il ait du mal à l'admettre — la beauté des mots lui procurait plus de souffrance que de plaisir.

En temps normal, il aurait apprécié de passer du temps dans le désert, mais à présent l'idée que ce lieu, où les sensations de vide et de perte étaient exacerbées, lui remémorerait ce qu'il souhaitait fuir, le rendait irritable, vulnérable.

Il pivota brusquement sur lui-même, furieux, comme s'il souhaitait tourner le dos à ses pensées. Trop fier pour admettre la moindre faiblesse, il voulait l'étouffer dans l'œuf.

Toutefois il avait beau lutter, ce sentiment renaissait toujours, tel un monstre à plusieurs têtes qui lui tendait un miroir dans lequel il voyait ses propres faiblesses.

Pourtant, il venait d'une lignée où l'on prônait la maîtrise de soi, l'abstinence des corps et des esprits lors d'éternelles batailles pour survivre dans un environnement aussi hostile que le désert. Les vrais hommes, ceux auxquels il avait toujours estimé appartenir, avaient le sens de l'honneur et du devoir, et n'acceptaient pas d'être dominés par leurs désirs. Jamais.

Et certainement pas dans un couloir d'hôtel, à cause d'une inconnue, et de façon aussi…

De nouveau, il virevolta, toujours en proie à une sombre colère, ignorant les rayons impitoyables du soleil qui tombait sur son visage, soulignant ses pommettes et l'intensité de son regard. Ce n'était pas lui qui aurait porté des lunettes de soleil pour se protéger !

Le désir sexuel était sans doute le plus méprisable de tous, et la cause d'un grand nombre de souffrances humaines. Il s'était toujours considéré au-dessus de tout cela et, en tant que souverain du Dhurahn, il se devait de l'être. Pourtant, il ne pouvait effacer ces quelques minutes durant lesquelles il avait capitulé devant ses sens : rien d'autre alors n'avait compté que le désir qu'il éprouvait pour la femme qu'il tenait dans ses bras…

Un autre que lui aurait sans doute haussé les épaules et assumé le fait qu'il était un homme et par conséquent vulnérable aux tentations de la chair, mais la fierté de Vere l'empêchait d'accepter la moindre faiblesse, et il s'en voulait de ne pas avoir été à la hauteur de ses propres exigences.

Il n'était pas tout à fait le seul, cependant, à penser qu'un homme devait en toute circonstance faire preuve de la plus grande rigueur s'il voulait s'imposer comme un chef. Un « autre » pensait comme lui, et cet « autre », c'était le désert.

Le désert révélait impitoyablement la nature profonde d'un homme, soulignant à la fois ses forces et ses faiblesses.

En temps normal, il aurait eu hâte de retrouver le désert afin de se ressourcer, mais en l'occurrence il n'était pas certain de vouloir se soumettre à ce test. Il avait peur de ne plus être à la hauteur d'un espace aussi âpre qu'immense.

Ce qu'il souhaitait par-dessus tout, c'était oublier pour toujours cette femme et surmonter les dommages qu'elle avait fait subir à sa fierté.

Mais pour dire la vérité, il s'en sentait incapable.

La mémoire de cette inconnue était comme gravée à jamais dans son cerveau et il n'arrivait pas à s'en débarrasser, même si ce souvenir lui faisait horreur. Il n'avait pas pu faire une nuit complète depuis, refusant de tomber dans un sommeil profond car il redoutait ses propres rêves. Il fournissait une telle énergie pour se contrôler dans la journée qu'il se doutait que cela lui reviendrait la nuit comme un boomerang. Il était déjà suffisamment difficile de constater que, chaque fois qu'il relâchait la vigilance, elle revenait hanter ses pensées, pour le tenter…

Comment était-il possible qu'une totale étrangère envahisse à ce point son espace le plus privé et le mieux gardé ? Qu'elle s'immisce dans les profondeurs de son âme, en prenne possession et la tourmente au-delà de sa propre résistance ?

C'était le milieu de l'après-midi. Il avait prévu de partir au coucher du soleil, de sorte que lui et son entourage voyagent durant les heures plus fraîches du soir. Mais avant, il avait une tâche à accomplir !

Tandis que Drax et sa femme occupaient l'aile nouvelle du palais, les appartements personnels de Vere se trouvaient dans la partie ancienne, là où avaient résidé les souverains du Dhurahn pendant des générations.

Dans son salon privé et élégamment meublé où il recevait ses sujets, situé juste derrière la pièce de réception, il avait l'impression d'être accompagné en pensée par ses ancêtres : son formidable arrière-grand-père qui avait chevauché le désert en compagnie de Lawrence d'Arabie et combattu ceux qui voulaient s'accaparer ses terres, sa grand-mère française, raffinée et cultivée, qui lui avait transmis le goût des arts, et ses propres parents, son père à la fois sage et fort, et sa mère, qui riait si facilement et avait empli son existence de sa joie et des traditions de son pays. Dans ce salon, il se trouvait au cœur du palais et de sa propre vie, et il avait toujours cru qu'il y serait à l'abri de toute vicissitude.

Et voici qu'à cause d'un maudit incident, cette impression de réconfort lui avait été là aussi enlevée !

S'il était assez téméraire pour fermer les yeux, il savait qu'il ferait tout de suite renaître la sensation de la soie épaisse de ses boucles sauvages sous ses doigts, le parfum de sa chair, à la fois sucré et chaud, évoquant le miel et les amandes, son souffle brûlant quand son corps avait découvert la virilité du sien... Et par-dessus tout ses yeux, d'un bleu si intense que leur couleur rappelait le ciel du désert juste avant que le soleil n'illumine l'horizon. Un homme pouvait perdre la raison s'il regardait trop longtemps ce ciel-là, ces yeux-là…

Vere fit la grimace, revenant à la réalité.

N'était-il pas un homme moderne, éduqué et cultivé ? Le fait d'avoir heurté une jeune femme avec qui il avait partagé un baiser, aussi intense et passionné eût-il été, ne pouvait en aucun cas modifier le cours de son existence. Et il ne s'agissait pas d'un signe du destin, sauf si lui-même voulait l'interpréter ainsi, se dit-il pour se mettre en garde.

Il traversa la pièce et atteignit les portes doubles qui ouvraient sur un large couloir dont le sol était recouvert de mosaïques dans le plus pur style arabe. Alors que ces lieux où il avait passé son enfance lui procuraient d'ordinaire une douce sensation d'apaisement, aujourd'hui il s'y sentait curieusement tendu.

Il ne s'agissait que d'un baiser ! se répéta-t-il. Un simple baiser avec une femme qui n'était même pas son genre. Il était attiré par les blondes grandes et sophistiquées, qui avaient de l'expérience. Des femmes qui pouvaient le satisfaire physiquement, le temps d'une nuit, sans qu'il coure le danger de s'attacher à elles.

Il n'avait jamais oublié qu'aimer une femme pouvait vous briser le cœur quand celle-ci vous abandonnait pour une raison ou une autre. C'était ce que lui avait enseigné la mort de sa mère, tout comme la douleur qui l'avait accompagnée. Il s'était alors promis de ne plus jamais aimer, pour ne pas prendre le risque de souffrir une telle agonie une deuxième fois.

Ses joues brûlaient encore de honte quand il se rappelait les nuits où il s'était réveillé en sueur, le visage couvert de larmes, appelant sa mère. A quatorze ans, il ne pouvait plus pleurer comme un enfant de quatre ans ! Il s'était alors juré de bannir à tout jamais sa faiblesse. Et c'était exactement ce qu'il avait fait jusqu'ici…

Jusqu'à ce qu'une rencontre de hasard dans le couloir d'un hôtel fasse tomber le masque, et lui révèle un désir qu'il refoulait avec vigueur, mais qui était encore bien présent au fond de lui.

2.

Sam entra dans la douche singulièrement sophistiquée du compartiment « salle de bains » de la tente traditionnelle qu'elle occupait, se savonna avec soin avant de se rincer en prenant garde de ne pas utiliser trop d'eau, même si on lui avait assuré que, grâce à l'efficacité des usines de dessalement du souverain du Zuran, il n'était pas nécessaire de restreindre sa consommation d'eau, celle-ci étant acheminée jusqu'au camp presque chaque jour dans de larges conteneurs.

Elle était sur un petit nuage depuis qu'elle avait décroché la mission de ses rêves et avait été intégrée à l'équipe de cartographes, anthropologues, statisticiens, géologues et historiens qui allaient travailler sur cet ambitieux projet.

En tant que cartographe, elle faisait partie du groupe chargé de retracer les frontières et les routes empruntées par les caravanes traditionnelles de cette ancienne partie du monde. Rien que le terme magique de « Quart Vide » la faisait frissonner d'excitation. Après tout, son envie initiale de se rendre dans le golfe Persique ne remontait-elle pas à ses lectures de Gertrude Bell et de ses semblables ?

D'habitude, elle partageait sa confortable tente avec Talia Dean, l'une des trois autres femmes de l'équipe, mais la jeune Américaine s'était entaillé le pied deux jours auparavant et avait dû être hospitalisée au Zuran.

D'autres avant eux avaient établi le tracé du Quart Vide, en avaient exploré les cités et les routes cachées ; les frontières entre les trois pays arabes impliqués dans le projet étaient déjà définies et ne faisaient l'objet d'aucune polémique. Néanmoins, la technologie moderne conjuguée à l'excellente entente qui régnait entre les trois Etats permettait désormais, grâce aux informations satellitaires alliées à des points de contrôle terrestres, de constater les effets qu'avaient eus cinq décennies de tempêtes de sable sur les frontières approuvées autrefois.

Après s'être séchée, Sam pénétra dans sa chambre à l'air conditionné. Celle-ci était meublée de riches tapis de soie et de banquettes basses recouvertes de coussins superbes, et fort agréablement parfumée grâce aux lampes qui se balançaient au plafond ; ce mélange de modernité et de tradition bédouine procurait un luxe à la fois exotique et surréel, qui frappait tout de suite les sens par son fort contraste avec la dureté du désert lui-même.

Mais le désert avait aussi sa beauté. Si certains membres de l'équipe le trouvaient trop mordant et impitoyable, Sam appréciait pour sa part cet aspect-là, même s'il lui inspirait une certaine crainte. Le désert possédait une arrogance qui la captivait, car il semblait dire : « Prends-moi comme je suis, car je ne changerai jamais. » Il incarnait à la fois l'éternité et la puissance, et possédait une beauté si fascinante que le simple fait de le contempler lui nouait la gorge.

Et pourtant, le désert pouvait se montrer extrêmement cruel. Elle avait vu des faucons planer au-dessus de carcasses de petits animaux anéantis par la chaleur impitoyable du soleil. Elle avait entendu les histoires que leurs chauffeurs arabes racontaient, celles de convois entiers enfouis sous des tempêtes de sable, d'oasis qui disparaissaient du jour au lendemain, de tribus et de chefs qui les dirigeaient, pareils au paysage abrupt et sauvage dans lequel ils évoluaient, soumis à ses lois.

Un de ces chefs devait arriver le lendemain au camp, selon les rumeurs. Il s'agissait du prince Vereham al-a'Karim ben Hakar, le souverain du Dhurahn, apparemment admiré et respecté, les hommes du désert ne respectant que ceux qui avaient prouvé qu'ils pouvaient se confronter à leur milieu hostile. Ces hommes-là appartenaient à une race à part, aux « élus », dont les qualités les élevaient au-dessus du commun des mortels.

Elle était fatiguée quand elle s'était mise au lit, mais maintenant, grâce à sa propre déraison, elle avait les yeux toujours grands ouverts, le corps torturé par une petite douleur familière et lancinante qui la traversait aussi sûrement que la rivière Dhurahni arrosait les montagnes du haut plateau, au-delà du Quart Vide, parcourant des centaines et des centaines de kilomètres avant d'émerger dans l'Etat du Dhurahn…

Pourquoi n'arrivait-elle pas à se concentrer sur cette rivière, au lieu de se rappeler un baiser qu'elle aurait dû oublier depuis des semaines maintenant ?

Trois mois s'étaient écoulés — ou plus exactement trois mois, une semaine et un peu plus de quatre jours — depuis qu'elle avait heurté un étranger en peignoir et fini par…

Fini par quoi ? Pourquoi était-elle encore obsédée par ce souvenir, trois mois plus tard ? Cela n'avait rien de rationnel pour la scientifique qu'elle était ! Ce baiser purement fortuit témoignait d'une curiosité partagée par deux êtres en tout point différents. Du moins était-ce ce dont elle essayait de se persuader, et elle y serait sans doute parvenue si, juste après l'incident, elle ne s'était pas mis en tête que cet étranger était l'amour de sa vie et qu'elle était condamnée à souffrir pour le restant de ses jours…

Quelle idiotie ! Une fiction digne des *Mille et Une Nuits* — et bien moins réaliste !

Ce qui s'était produit était un simple incident, se répéta-t-elle. Elle pouvait au mieux l'oublier, au pis s'en sentir honteuse, le problème étant qu'elle n'éprouvait pas la moindre honte, ce qui d'ailleurs aurait été tout à fait déplacé…

La vérité, c'était qu'elle avait apprécié l'expérience. Bien plus que cela, même…

Et pourtant, ce n'était qu'un simple petit baiser, qui n'aurait pas dû s'imprimer aussi profondément en elle, au point que le simple fait de respirer ravivait les sensations qu'il avait provoquées en elle. Au point qu'elle se réveillait la nuit, en nage et éperdue de désir…

Elle soupira.

Elle avait vingt-quatre ans, et travaillait dans un secteur en pleine expansion ; d'ailleurs, elle s'était tant passionnée pour ses études qu'elle avait refusé toute fréquentation du sexe opposé — sans jamais regretter son choix.

Mais à présent, elle avait la sensation que tout ce qu'elle s'était refusé revenait la hanter, comme si la femme en elle prenait sa revanche pour ce dont on l'avait privée. C'était tout à fait cela, pensa-t-elle soudain avec soulagement. Ce qu'elle ressentait n'avait en réalité rien à voir avec le bel inconnu, même si…

Même si quoi, au juste ? Même si son corps se rappelait chaque ligne souple et dure du sien, chaque endroit où il l'avait touchée, chaque muscle, chaque souffle, chaque battement de son sang dans ses veines et chaque palpitation de son cœur ? Elle avait la sensation que le destin lui avait fait croiser la route de son âme sœur, et elle était certaine qu'elle n'aurait jamais éprouvé une telle intensité émotionnelle si elle était restée chez elle, en Angleterre. Ses parents aimants mais pragmatiques, occupés à mener une vie bien remplie, ne l'avaient pas préparée à affronter de tels sentiments.

Si elle devait revivre ce baiser, ce moment où elle avait croisé ses yeux verts et compris qu'elle ne serait plus jamais la même et que, sans qu'elle puisse se l'expliquer, elle était à lui, l'événement ne serait sans doute pas aussi marquant que dans ses souvenirs. L'imagination possédait une force étonnante, se dit-elle, et le fait qu'elle se souvienne trois mois après d'un baiser qu'elle aurait dû oublier dans les heures qui suivaient prouvait qu'elle était loin d'être aussi forte qu'elle le pensait. Mais après tout, ce n'était pas comme si elle allait revoir cet homme : c'était un total inconnu qu'elle avait croisé par hasard dans le couloir d'un hôtel, dans un pays étranger…

Au lieu de fantasmer sur lui, elle ferait mieux de penser à ce qui allait se passer le lendemain, quand le cheik Fasial ben Sadir, le cousin et représentant du chef du Zuran qui supervisait leurs activités, remettrait le contrôle du projet à Vereham al-a'Karim ben Hakar, cheik du Dhurahn — qui, trois mois plus tard, serait lui-même remplacé par le représentant officiel de l'émir de Khulua.

Cheik Sadir était diplomate de carrière. Il s'était assuré que le camp travaillait en harmonie et leur avait certifié dans un anglais parfait que les trois chefs des Etats concernés étaient déterminés à ce qu'aucune tribu vivant dans le Quart Vide ne se sente menacée par leur entreprise. C'était pour cette raison que chaque groupe de travail disposait d'un guide arabe pour discuter avec les nomades et les rassurer sur les travaux en cours.

Il leur avait également confié que, même si chaque Etat avait le droit de réclamer sa part du Quart Vide, là où celui-ci empiétait sur leurs frontières, il était admis que les nomades avaient le droit de franchir ces dernières.

Sam ignorait tout du chef du Dhurahn, mais elle espérait qu'il serait aussi facile de travailler sous ses ordres que sous ceux de son prédécesseur. Encore qu'elle était habituée aux rapports conflictuels…

Elle poussa alors un soupir en pensant à son nouveau collègue, James Reynolds. Depuis qu'il était arrivé, quatre semaines auparavant, pour remplacer l'un des membres de l'équipe qui avait dû rentrer au pays pour raisons personnelles, il avait décidé de la contredire systématiquement. Comme il était de deux ans son cadet et tout juste diplômé, elle avait mis cette attitude sur le compte de son besoin de s'affirmer. Aussi n'avait-elle pas relevé, espérant qu'il comprendrait vite qu'ils travaillaient en équipe, et n'étaient pas rivaux. Seulement, au lieu de reconnaître son erreur, il était devenu de plus en plus critique envers elle, n'hésitant pas à exprimer son désaccord devant tout le monde.

Elle regrettait d'avoir mentionné devant lui, au cours d'une conversation banale, qu'elle était intéressée par les origines de la rivière qui traversait l'Etat du Dhurahn, car depuis, James ne cessait de sous-entendre qu'au lieu de vérifier le statut des frontières, travail pour lequel elle était rémunérée, elle « s'amusait à chercher la source de la rivière », pour reprendre ses propres termes, alors que chacun savait où elle se trouvait, et que ses allégations étaient complètement fausses.

— Ne fais pas attention à lui, lui avait dit Talia peu de temps avant qu'elle ne se blesse. De toute évidence, tu le déranges, mais c'est *son* problème à lui, pas le tien.

— L'ennui, c'est qu'il en fait *mon* problème, avait

répliqué Sam. Et cela me déplaît qu'il évoque mon intérêt pour cette rivière, comme s'il pensait que j'ai des raisons cachées de me passionner pour ce sujet.

— Crois-moi, si j'étais toi, je l'ignorerais, avait insisté Talia. On a tous entendu parler de la légende liée à la découverte de la rivière, et franchement, qui ne trouverait pas cela fascinant ?

Elle avait hoché la tête.

Selon la légende, des siècles auparavant, les ancêtres du souverain actuel du Dhurahn, des nomades du désert, avaient été pris dans une tempête de sable et s'étaient perdus. Après avoir erré pendant des jours dans le désert, sans eau, ils avaient adressé une longue prière à Allah pour qu'il les sauve. Une fois leur supplication terminée, leur chef avait levé la tête et vu un oiseau perché sur un rocher. « Regardez ! s'était-il exclamé. Là où il y a de la vie, il y a de l'eau. Loué soit Allah ! »

Tout en parlant, il avait frappé une roche de son poing et de l'eau en avait alors jailli ; à cet endroit, une rivière s'était alors formée qui avait arrosé tout le Dhurahn, terre qu'il avait alors revendiquée pour son peuple…

— Il a été prouvé maintenant, bien sûr, que la rivière courait de manière souterraine sur des milliers de kilomètres avant d'atteindre le Dhurahn, reprit-elle à l'adresse de Talia. Une fissure ayant fait jaillir une source du sous-sol est sans doute à l'origine de la légende.

Dans le désert, l'aube éclatait tel un feu, saisissait vos sens sans prévenir et vous prenait en otage, pensa Vere tout en arrêtant son 4x4 pour pouvoir admirer le ciel.

Naturellement, c'était lui qui ouvrait le convoi et, ayant devancé les autres véhicules de plusieurs kilomètres, il ne s'était pas rendu tout droit à l'oasis où résidait l'équipe de recherche mais avait pris la route qui conduisait au cœur du désert…

Adolescents, Drax et lui s'étaient mesurés à ces dunes, s'efforçant de vaincre la traîtrise du désert. Ils avaient, à l'instar de beaucoup d'autres avant eux, tourné en rond de nombreuses fois avant de maîtriser l'art de conduire dans le sable.

Aujourd'hui, avec les GPS, on ne courait plus le danger de se perdre et de mourir de déshydratation, mais il n'empêche que le désert demeurait indomptable.

L'oasis des Colombes, qui abritait le camp des chercheurs, était située juste à l'intérieur de la frontière du Dhurahn, dans une pointe abritant la source de la rivière à laquelle le pays devait sa luxuriance.

Ses ancêtres s'étaient battus avec acharnement pour contrôler la rivière, et leur combat avait provoqué de nombreuses guerres avec leurs voisins, avant que les souverains de chaque pays ne parviennent à s'accorder sur les tracés des frontières.

Vere se rappelait le sourire contrit de son père quand il lui avait raconté comment son arrière-grand-père avait obtenu que la bande de terre où la rivière prenait sa source — et que depuis des générations le Dhurahn estimait comme sienne — revienne à leur pays : il était en effet tombé passionnément amoureux de la fille du diplomate anglais qui supervisait les négociations, tout comme elle de lui, de sorte que lord Alfred Saunders avait utilisé ses pouvoirs diplomatiques en faveur de sa fille une fois qu'il s'était rendu compte que rien ne pourrait la dissuader de rester auprès du jeune Arabe fougueux dont elle était très éprise.

C'était Vere qui avait insisté pour que les scientifiques soient logés dans les tentes traditionnelles noires des Bédouins, car la seule pensée que se dressent des habitations plus modernes et plus occidentales dans cette oasis lui faisait horreur. Ç'aurait été un affront à son sens de l'esthétisme.

Redémarrant son 4x4, il descendit avec assurance la route qui longeait un ravin profond. Sa mère avait toujours aimé l'oasis, aujourd'hui protégée par une loi empêchant qu'elle ne devienne une attraction pour touristes, comme cela avait malheureusement été le cas de nombreuses autres.

Le point d'eau, calme et profond, qui formait l'oasis reflétait la couleur du ciel ; il était serti de plantes élégantes et la route qui le longeait était ombragée de palmiers. Les oiseaux migrateurs y faisaient halte pour se désaltérer, et les nomades bédouins, qui y menaient leurs troupeaux, y tenaient aussi leurs foires annuelles. C'était aussi ici que se déroulaient les fêtes de mariages.

Le lieu rendait hommage à la vie, mais cette fois-ci, la sérénité qui en émanait ne parvenait pas à lui apporter une paix intérieure.

Aujourd'hui, il ressentait de manière encore plus aiguë l'impression de vide qui le hantait et la douleur qu'elle lui causait. Il ne comprenait pas ce qui lui arrivait, lui qui depuis l'enfance s'était toujours efforcé de contrôler ses moindres émotions. Il n'était tout simplement pas *possible* qu'une brèche ait fissuré son armure.

La perte de ses parents l'avait tellement choqué qu'il avait enfoui son chagrin tout au fond de lui ! Comprenant qu'il devait se méfier de lui-même, il avait décidé de s'endurcir et de devenir sourd à toute émotion, pour le bien du Dhurahn et de son peuple. Il ne pouvait pas se permettre d'aimer une femme car il savait que s'il venait à la perdre, il ne serait peut-être pas capable de faire passer les intérêts de son pays au-dessus de ses propres sentiments.

Son père avait adoré sa mère, mais Vere ne doutait pas un instant que s'il avait survécu à l'accident, il aurait continué à être le souverain du Dhurahn, et non un mari éploré. La notion de devoir était absolue chez lui, et ne souffrait aucune exception.

Ayant découvert sa faiblesse, Vere avait jugé nécessaire de s'en préserver pour le reste de sa vie, et à cette fin il avait cadenassé toutes les portes de son cœur pour ne jamais succomber à l'amour. C'était un secret honteux, un secret dont il n'avait jamais parlé à personne.

Et aujourd'hui, après toutes ces années où il avait cru toute émotion anéantie en lui, se retrouver hanté par le souvenir d'une femme rencontrée une seule fois avait créé une vive exaspération chez lui, au point qu'il en venait à croire que l'inconnue l'avait excité délibérément. En tout état de cause, ce qu'il ressentait pour elle était à la fois inacceptable et méprisable, et ne méritait certes pas qu'il s'y attarde !

Sam s'était réveillée aux lueurs de l'aube, et depuis une heure elle tournait dans son lit sans parvenir à se rendormir. Elle aurait pu en blâmer James mais ç'aurait été injuste, pensa-t-elle en enfilant la robe noire traditionnelle portée par les femmes musulmanes et qu'elle trouvait très utile contre le soleil et le sable.

Elle sortit nus pieds de la tente, dans la relative fraîcheur du matin qui pointait à peine, appréciant d'avoir l'oasis pour elle toute seule.

Elle emprunta le chemin qui longeait le point d'eau, désireuse d'admirer discrètement les animaux qui venaient s'y abreuver. Soudain, une nuée de colombes s'élança des palmiers pour venir se poser au bord de l'onde. L'une d'elles, dans un mouvement rapide et gracieux, plongea le bec dans l'eau et en ressortit un petit poisson.

Le spectacle était ravissant.

C'est alors qu'elle arriva à un tournant… et s'arrêta si brutalement qu'elle faillit perdre l'équilibre. Incapable de détourner le regard, elle fixait, figée et incrédule, l'homme qui se tenait devant elle.

— Vous ! dit-elle dans un souffle.

3.

Elle le reconnaissait tout en le redécouvrant, pensa-t-elle alors, les yeux rivés sur celui dont quelques mètres seulement la séparaient.

Elle se rappelait qu'il était d'une taille imposante, mais elle ne s'était pas rendu compte lors de leur première rencontre qu'il était aussi grand. Il en allait de même pour sa musculature qui, déjà remarquable dans son souvenir, semblait plus puissante encore sous les rayons du soleil.

Elle hésita, submergée par l'intensité de ses propres émotions et de son excitation, déchirée entre l'envie de la fuir et de s'y soumettre. Elle n'avait jamais vécu une telle expérience, mais elle se trouvait désormais face à une réalité qu'elle ne pouvait plus nier, même si elle ne savait pas du tout de quelle manière l'appréhender.

Comment était-il possible que son désir soit si fort ? Car elle n'avait qu'une obsession : se donner à lui sans réserve et pour toujours, ce qui était tout à fait insensé et dangereux ! Elle regarda sa bouche… et dut se retenir de s'élancer vers lui.

— Comment m'avez-vous retrouvée ? murmura-t-elle, d'un ton à la fois respectueux et ravi.

Elle pensa soudain qu'elle venait de plonger dans un monde magique, qui avait fait surgir celui dont elle ne cessait de rêver en secret.

Peut-être, d'ailleurs, était-elle en train de rêver ? Si

c'était le cas, elle ne voulait plus jamais se réveiller. Pourquoi avait-elle passé toutes ces heures à tenter de se convaincre que rien n'avait révolutionné sa vie ? Pourquoi ne faisait-elle pas davantage confiance à ses impressions ? Lui, de toute évidence, s'y fiait, puisqu'il l'avait retrouvée. Il était venu jusqu'ici rien que pour elle… A cette pensée, elle sentit une grande joie inonder tout son être.

Vere resta pétrifié, tout en ressentant l'intense envie de s'élancer vers elle et de satisfaire enfin les désirs primitifs qui ravageaient son corps et son esprit saturé d'images de leurs corps nus enlacés. Combien de fois ne l'avait-il pas vue, la tête renversée dans l'extase, tandis que son corps épousait le sien, qu'il en suivait toutes les courbes avec ses mains, avant de la pénétrer, de la posséder comme elle l'en suppliait… Un long cri de volupté lui échappait alors, résonnant au-dessus d'eux, les enveloppant, tandis qu'il songeait que jamais il ne parviendrait à se rassasier d'elle. Elle était comme une drogue : quand on y avait touché une fois, on ne pouvait plus s'en passer…

Soudain, la peur du jeune garçon qu'il avait été se mua en une colère redoutable chez l'homme qu'il était devenu. Il devait fuir à toutes jambes !

Sam n'arrivait plus à contenir ses émotions. Elle se sentait toute tremblante, telle une gazelle sentant le chasseur et sachant le sort qu'il allait lui réserver. Dans une seconde, il allait s'approcher d'elle, la prendre dans ses bras, et… Sur une impulsion, elle s'avança vers lui, accélérant l'allure à mesure que le besoin de le toucher s'intensifiait. Un dernier frisson d'excitation la parcourut... Mais, au moment où elle s'apprêtait à tendre le bras vers lui, il lui tourna le dos et s'enfuit.

La souffrance et la confusion s'abattirent d'un coup sur elle, la laissant complètement désemparée, impuissante au point qu'elle ne chercha même pas à le poursuivre.

— Non ! s'écria-t-elle malgré elle, ne pouvant croire à l'horreur de ce qu'elle vivait.

Un autre homme surgit alors sur le sentier, s'approchant à grands pas. Le front baissé, il murmura :

— Votre Altesse...

« Votre Altesse » ?

Décidément, elle n'y comprenait plus rien... Il y avait quelques secondes encore, il fixait sur elle son regard aussi scintillant qu'une émeraude, et voilà que maintenant il s'éloignait à vive allure, en compagnie d'un autre homme...

Sam se regarda dans le miroir et constata qu'elle était d'une pâleur à faire peur. Il lui fallait pourtant rejoindre les autres. Sinon elle manquerait le petit déjeuner, et un de ses collègues viendrait sans aucun doute la chercher, inquiet de son sort.

Elle frissonna.

L'avait-elle vraiment vu, dans l'oasis ? N'était-il pas un mirage né de son imagination ?

— Sam, enfin... Je m'apprêtais à aller te chercher au cas où tu te serais endormie.

Le ton à la fois anxieux et un rien réprobateur d'Anne Smith, une statisticienne qui, avec son mari, faisait partie de l'équipe, poussa Sam à s'excuser.

— Désolée…

Et, à son grand soulagement, avant qu'elle ne soit obligée de donner une explication, Anne enchaîna :

— Tu n'as jamais manqué le petit déjeuner et comme le cheik Sadir nous a dit que le souverain du Dhurahn était arrivé et que nous allions lui être présentés, je commençais à m'inquiéter à l'idée que tu ne serais pas là à temps.

Sam comprenait à présent la raison probable de *sa* présence dans l'oasis. Il avait une bonne raison de se trouver ici car il devait faire partie de l'entourage du souverain de Dhurahn.

Elle avait été dans un état de choc absolu après l'avoir revu et subi sa rebuffade ! Mais quand elle y repensait, il était ridicule de sa part d'avoir cru que d'une façon ou d'une autre, il avait su qu'elle se trouvait ici et qu'il était venu à sa recherche. *C'était évidemment impossible.*

Elle avait regagné sa tente, taraudée par un sentiment de nausée et de vertige, et à présent elle se demandait si elle l'avait vraiment vu ou n'avait pas été victime d'un mirage, comme les assoiffés qui, dans le désert, croyaient voir des points d'eau.

Elle s'était effondrée sur un siège, se souciant bien peu d'être en retard au petit déjeuner. Elle était à la fois frustrée, humiliée, désespérée…

Encore heureux que le choc de le revoir l'ait clouée sur place, sans quoi elle se serait élancée derrière lui et se serait ridiculisée !

Ensuite elle était restée un long moment assise, s'efforçant de comprendre ce qui s'était passé. Elle n'était pas le genre de femme à se laisser si violemment emporter par ses émotions ou ses désirs. Comment un simple baiser l'avait-il à ce point métamorphosée ? Elle n'avait pourtant pas l'habitude de fantasmer sur le coup de foudre et la recherche de l'âme sœur !

A présent elle se sentait vidée, à cran, épuisée tant au plan émotionnel que physique, aussi faible que si elle venait d'être attaquée par un puissant virus. Au fond, c'était peut-être le cas, pensa-t-elle cyniquement. Peut-être que quelqu'un, quelque part, avait trouvé le moyen de susciter une formidable attirance physique qu'il testait sur des victimes innocentes, provoquant chez elles des hallucinations.

Cette fois elle était ridicule, et devait de toute urgence se reprendre en main, conclut-elle, tout en suivant Anne dans la grande tente où se tenaient les réunions et les divers débriefings.

Tout naturellement, Anne alla s'asseoir près de son mari, laissant Sam trouver un siège. Elle ressentit un vif désappointement en s'apercevant que le seul qui restait se trouvait à côté de James.

Il lui adressa un regard méprisant quand elle prit place, et elle se rendit alors compte que tout le monde était en tenue correcte, c'est-à-dire en pantalon de coton clair et en T-shirt avec manches. Certaines femmes portaient même un foulard.

On leur avait précisé que si le cheik du Zuran n'attendait pas qu'ils se conforment aux coutumes vestimentaires des Arabes, il pouvait en être autrement avec les autres souverains.

Pourtant, elle ne se rappelait pas avoir reçu des consignes particulières concernant le chef d'Etat du Dhurahn. Avait-elle manqué un épisode ? Soudain elle se sentit mal à l'aise avec son T-shirt à bretelles et son bermuda à poches multiples. De toute façon, il était trop tard pour aller se changer, alors inutile de se morfondre pour son apparence…

Sur l'estrade se trouvaient deux canapés. Deux hommes entrèrent alors, l'un étant le cheik Sadir et l'autre…

Sam sentit son cœur manquer un battement, puis se mettre à cogner à toute vitesse dans sa poitrine.

Ce n'était pas possible…

Et pourtant…

L'homme qui accompagnait le cheik Sadir et que l'on traitait avec une grande déférence n'était autre que l'inconnu avec qui elle avait échangé un baiser dans le couloir d'un hôtel, au Zuran. Le même qui l'avait fuie, tout à l'heure…

Elle saisissait mieux à présent pourquoi on avait prononcé « Votre Altesse » en sa présence.

James lui donna soudain un rude coup de coude dans les côtes, et elle se rendit compte que tout le monde s'était levé et avait baissé la tête. Elle bondit sur ses pieds, juste à temps pour entendre le cheik Sadir présenter l'homme comme le prince Vereham al-a'Karim ben Hakar, souverain du Dhurahn.

Elle répéta silencieusement son nom. C'était le prince Vereham al-a'Karim ben Hakar, souverain du Dhurahn, et ce n'était pas un mirage ! Pas non plus un homme ordinaire, mais un prince.

C'était incroyable, et pourtant telle était la réalité.

Elle comprenait maintenant pourquoi il lui avait tourné le dos, tout à l'heure. Il ne voulait évidemment pas la reconnaître. Il était le souverain d'un Etat arabe, et elle, elle n'était rien, et dans son estime, sans doute une moins que rien ! Ce baiser qu'il lui avait pris était un peu comme une figue qu'il aurait cueillie dans un figuier : il avait mordu dedans pour en apprécier la suavité, avant de la jeter, sans plus y penser.

Les domestiques du prince, tous en djellaba, évoluaient

entre les participants, des plateaux à la main, pour leur proposer du café et des pâtisseries orientales.

Sur l'estrade, on servit aussi du café au prince. Quand il porta la tasse à sa bouche, elle vit, sous la manche de sa djellaba noire brodée d'or, son avant-bras bronzé et musclé. Elle sentit alors des gouttes de sueur perler à son front... De nouveau, elle avait la nausée et était toute tremblante. Sans doute parce qu'elle n'avait pas pris de petit déjeuner, se dit-elle tout en sachant au fond d'elle-même que la véritable raison était tout autre.

— Maintenant qu'il est là, il va y avoir plus d'action, lui dit James tout en se jetant sur les pâtisseries. Apparemment, il a de bonnes raisons d'être venu en personne, et on dit qu'il est le genre d'homme à toujours obtenir ce qu'il veut.

Sans aucun doute, approuva Sam mentalement. Et si c'était elle qu'il voulait ? Furieuse contre elle-même, elle s'efforça de chasser de son esprit cette idée déplacée. Quelles que soient les pensées fantasques qu'elle avait entretenues jusque-là, elle devait cesser ce petit jeu, au vu des nouvelles circonstances...

Quand le prince se leva pour prendre la parole, il s'adressa à eux dans un anglais parfait, réaffirmant ce qu'on avait déjà dit aux cartographes de l'équipe : l'objectif de leur travail n'était pas de modifier et de remettre en cause la validité des frontières déjà existantes, mais d'étudier l'effet que le désert avait eu sur elles.

— C'est bizarre, d'insister sur la non-redéfinition des frontières, tu ne trouves pas ? fit alors James à voix basse, tout en prenant une autre pâtisserie.

— Non, pas vraiment. Nous le savons depuis le départ et il ne fait que le répéter.

Elle n'avait pas envie de discuter avec James, et elle ne voulait pas qu'il l'empêche d'apprécier chaque seconde de la présence du prince dans la tente. Elle pensa soudain qu'elle était pathétique de ne pas vouloir perdre une miette de ce qu'il dirait : elle n'était pas une adolescente obsédée par une inaccessible idole, tout de même !

Le cheik Sadir annonçait à présent qu'ils allaient tous être présentés personnellement au souverain du Dhurahn. Chacun se leva alors et une file d'attente se forma en bas de l'estrade.

— Tu veux bien me tenir ça ? demanda soudain James.

Et sans attendre sa réponse, il lui mit son plat poisseux et rempli de miettes dans les mains, avant d'aller prendre son tour dans la file.

Sam regarda la sortie, située à l'arrière de la tente. Elle en était plus près que de l'estrade, et il lui aurait été facile de s'éclipser pour échapper à la présentation formelle. Mais s'y soustraire aurait été une grave atteinte au protocole, et surtout une insulte au prince.

Regardant avec dégoût le plat qu'elle tenait encore à la main, elle le posa discrètement sur la chaise la plus proche et se glissa à son tour dans la file d'attente.

Ce serait bientôt son tour. Jusque-là, Sam était parvenue à éviter le regard du souverain, sans que son cœur cesse pour autant de battre la chamade. Ses mains étaient toutes moites, et elle était gênée de montrer ses épaules dénudées et sa tenue fort décontractée. Penserait-il qu'elle s'était vêtue ainsi de façon délibérée, comme pour se démarquer, ou pis encore, jouir d'un statut de privilégiée ?

James inclina la tête. C'était son tour, à présent. Elle l'entendit alors rire et, à sa grande consternation, il se tourna vers elle et déclara d'un ton jovial :

— Si vous voulez un bon conseil, prince, gardez un œil sur ma collègue cartographe. Elle a déjà vérifié où la rivière prenait sa source, et je parie qu'elle va chercher à remettre aussi les frontières en cause ! On peut faire confiance à une femme pour s'occuper de ce qui ne la regarde pas, n'est-ce pas ?

Un mélange d'incrédulité et de fureur s'empara aussitôt de Sam, devant ce manque total de professionnalisme et ces allégations tout à fait mensongères. En quelques paroles apparemment légères, il l'avait décrite comme une intrigante aux yeux de l'homme qui dirigeait désormais leurs travaux, la faisant passer pour un élément perturbateur déterminé à ignorer les consignes pourtant données dès le départ et que l'homme qui la regardait maintenant avec une grande dureté venait juste de répéter.

Elle faillit répliquer que ce n'était pas vrai, mais elle se ravisa : toute protestation de sa part n'aurait fait qu'aggraver la situation.

Ignorant James, elle salua cérémonieusement le prince, puis déclara d'un ton tranquille :

— Votre Altesse, je suis consciente, bien sûr, de la raison de votre présence ici et je vous remercie, ainsi que les chefs d'Etat des pays voisins, de nous donner l'opportunité de travailler ici. C'est une occasion unique et un privilège d'être autorisés à percer les mystères du désert…

Sur ces paroles, Sam recula d'un pas, bientôt remplacée par la personne suivante. Elle ne put néanmoins s'empêcher de couler un regard vers l'homme qu'elle avait rencontré dans le couloir de l'hôtel et qui l'avait alors littéralement dévorée des yeux…

Ce n'était plus le même. Maintenant il incarnait un prince arabe, un souverain à des années-lumière d'elle, et qui d'ailleurs n'avait pas croisé son regard. Il était clair qu'il ne voulait rien savoir même si, à la façon dont il l'avait jaugée sur le sentier, il l'avait de toute évidence reconnue, tout comme elle. Mais désormais il lui faisait savoir qu'il était le maître à bord, et elle une simple Européenne qu'il feignait de ne jamais avoir vue.

Et dire que, pendant des semaines, elle avait conçu des rêves idiots, avait souffert mille tourments, alors que lui l'avait sans aucun doute tout de suite chassée de ses pensées, assouvissant avec une autre le désir qu'elle avait suscité chez lui — ou peut-être même avec plusieurs autres, car un homme comme lui ne devait pas se priver de profiter d'une femme avant de passer à une autre.

Bien qu'il fût toujours sous l'effet d'une colère froide, Vere était soulagé de constater qu'il avait maintenant de bonnes raisons de la traiter avec dédain et suspicion. Ainsi, il serait certain de ne pas céder à l'attirance qu'elle exerçait sur lui. Car tout cela n'était que physique, se répéta-t-il.

Tout le monde avait quitté la tente à présent, et Sam se mit en quête de James. Si elle avait préféré se taire devant leur visiteur, cela ne signifiait nullement qu'elle allait passer l'événement sous silence.

Dès qu'elle l'eut repéré, elle s'avança vers lui, tandis qu'un grand sourire aux lèvres, il lui lança :

— Alors, que penses-tu de notre nouveau boss ?

— Pourquoi as-tu tenu à lui donner l'impression que je remettais en cause la légitimité des frontières de son pays, alors que nous savons tous les deux que c'est faux ? rétorqua-t-elle froidement.

— Allez, tu ne vas pas en faire une maladie ! dit-il en haussant les épaules. C'était juste pour plaisanter. Je ne comprends vraiment pas pourquoi vous, les femmes, vous prenez toujours tout au sérieux. Ce doit être hormonal. Il y a pourtant l'égalité des sexes, maintenant, ce qui signifie que…

— Je sais très bien ce que cela signifie, merci ! le coupa-t-elle.

Et, peu désireuse de perdre du temps avec un imbécile qui n'avait pas digéré le fait que les femmes travaillent sur un pied d'égalité avec lui, elle pivota sur ses talons, déterminée à regagner sa chambre.

Aujourd'hui, elle avait prévu de comparer les informations rassemblées sur le terrain avec les vues générales obtenues par les dispositifs GPS. Cela lui permettrait alors de distinguer les différences entre le paysage actuel et celui qu'il était cinquante ans plus tôt.

Les trois souverains avaient tout mis en œuvre pour que l'entreprise soit un succès, et ils avaient notamment fourni à chaque membre de l'équipe de l'électricité et un accès internet de sorte que, quelques minutes après être entrée dans sa tente, Sam aurait pu accéder aux informations GPS dont elle avait besoin.

Mais à la place, elle tapa dans son moteur de recherche le nom du souverain du Dhurahn…

4.

Une fois les formalités accomplies, le cheik Sadir et son entourage venaient de prendre formellement congé de lui et, tandis que son propre personnel était en train de se familiariser avec le site, Vere décida d'étudier les divers rapports qu'on lui avait dressés sur les initiatives prises par les membres de l'équipe.

Alors qu'il aurait dû se précipiter sur celui qui pouvait avoir de graves conséquences sur son pays et sa famille, il était penché sur un plan du camp et la liste de ceux qui l'occupaient.

Fronçant les sourcils, il se leva et fit sursauter son garde en quittant sa tente, qui était séparée des autres et protégée du soleil par des palmiers ; par égard pour son statut, on l'avait installé près du point d'eau et de son personnel.

Au-delà se trouvaient les tentes de l'équipe qui travaillait sur le projet, séparées de celles réservées aux réunions par de larges allées. Sur le plan, il avait remarqué que la tente de Mlle Sam McLellan était située à quelques rangées de la sienne, également au bord du point d'eau.

La dernière chose à laquelle il s'attendait, c'était bien de la trouver là ! Il l'avait aussitôt reconnue, et il ressentait encore en lui les effets du choc que cette rencontre avait provoqué en lui… Comme toujours quand il se rappelait malgré lui le baiser qu'ils avaient échangé, il éprouvait le besoin urgent de nier qu'il ait eu un tel effet sur lui. Il était impensable que cela lui arrive, à lui qui refusait justement toute forme d'engagement émotionnel. Il avait l'impression d'avoir été plongé dans une guerre contre lui-même.

Il avait en effet des affaires bien plus urgentes à régler que de penser à son désir inopportun pour Sam McLellan…

Drax l'avait informé par téléphone que l'émir de Khulua avait l'intention de faire du chantage aux deux autres pays engagés dans le projet en payant un membre de l'équipe pour qu'il affirme que des changements avaient bel et bien eu lieu, ce qui remettrait en cause les actuelles frontières du Dhurahn.

Bien sûr, selon Drax, l'émir n'avait pas l'intention d'aller aussi loin, car c'était un homme intelligent. En revanche, il pourrait, par ses manœuvres, contraindre le Dhurahn à lui concéder certaines faveurs, en guise de dédommagement. C'était le genre de jeux de pouvoirs que l'émir affectionnait particulièrement.

Vere savait que le souverain de Zuran n'apprécierait pas d'être entraîné dans de telles querelles, surtout si elles étaient susceptibles d'affecter le développement touristique de son pays. Le Dhurahn lui-même ne pouvait se permettre de perdre du temps en d'interminables négociations, dans la mesure où il allait organiser une réunion internationale sur le commerce dans le monde arabe, ce qui était une première et exigeait beaucoup de temps. Il ne pouvait pas accepter que le Khulua jette le discrédit sur son pays.

Il ne faisait à présent aucun doute pour lui que la personne soudoyée par l'émir était Samantha McLellan. N'était-elle pas cartographe et précisément chargée de repérer tout changement au niveau des frontières communes ? Et selon son collègue, elle avait déjà répandu des rumeurs sur la légitimité des frontières, même si elle-même s'en était défendue.

De là à en déduire que leur rencontre à l'hôtel du Zuran n'avait pas été fortuite, il n'y avait qu'un pas !

De toute évidence, elle avait tenté de le séduire pour compliquer encore la question des frontières et peut-être même affirmer qu'il avait reconnu certaines irrégularités, ce qui, bien que totalement faux, aurait servi les intérêts de l'émir et discrédité le Dhurahn. L'honneur et la bonne foi étaient des valeurs déterminantes au Moyen-Orient, et une fois perdues, elles étaient impossibles à recouvrer.

Avait-elle cru qu'elle pourrait le piéger aussi facilement ? Qu'il suffirait d'un baiser sensuel et la sensation de son corps contre le sien, conjugués à un regard suggestif qui donnait l'impression qu'elle venait de découvrir le monde avec lui ?

Il se demanda alors sur combien d'autres hommes elle avait déjà posé ce regard, et à cet instant une douleur fulgurante le traversa, qu'il prit comme une punition bien méritée pour avoir baissé la garde.

Quoi qu'il en soit, vu ce qu'il venait d'apprendre à son sujet, il ne redoutait plus sa propre vulnérabilité. La duplicité de Mlle McLellan était son salut. Et soudain, une certitude le frappa : il n'avait aucunement besoin qu'une femme à la morale douteuse vienne à son secours. Encore une fois, il sentit une bouffée de colère monter en lui à l'idée qu'elle avait cru pouvoir le manipuler.

Comme elle avait dû être furieuse quand son collègue l'avait trahie en révélant son intention de contester la légalité des frontières !

Cependant, même s'il mourait d'envie de la confronter avec ce qu'il savait, il comprit qu'il devait s'en garder. En effet, car la première chose qu'elle ferait serait de tout aller raconter à l'émir, alors que Drax et lui étaient convenus que la meilleure stratégie consistait à rassembler le plus de preuves possible contre l'émir avant de l'en aviser personnellement, étant entendu que le souverain du Zuran était, lui, au courant de ce qui se tramait. De cette façon, Vere et son frère comptaient éviter une humiliation publique à l'émir tout en lui signifiant qu'ils l'avaient démasqué.

Mais pour l'instant, il devait tout mettre en œuvre pour découvrir à quelles manigances Samantha McLellan se livrait précisément. Après quoi, il lui ferait avouer qu'elle avait été soudoyée par l'émir.

De façon cynique, il pensa qu'il n'y avait qu'une manière d'atteindre son but, et bien que la méthode lui répugnât, il était résolu à lui laisser croire qu'il n'était pas hostile à ses propositions… Il devrait même faire mine de la désirer, d'avoir succombé à son charme.

Sam repoussa ses cheveux en arrière et frotta ses yeux fatigués par l'usage excessif de l'écran. Un sentiment de culpabilité l'assaillit alors : si on lui avait dit quatre mois plus tôt qu'elle en viendrait à espionner *via* internet la vie privée d'un homme qui lui avait clairement indiqué qu'il ne voulait en aucun cas avoir affaire à elle, un homme en tout point différent de ceux qu'elle fréquentait d'ordinaire, elle aurait été à la fois épouvantée et sur la défensive, et aurait affirmé qu'elle était bien trop ancrée dans la réalité et la modernité pour perdre son temps en de telles futilités.

Qu'espérait-elle trouver, au juste ? Elle savait exactement ce qu'il ressentait pour elle, ou plutôt ce qu'il ne ressentait pas, et ce n'était pas en passant des heures sur internet à le traquer qu'elle modifierait la situation. Qui plus est, cela pouvait conduire à des comportements obsessionnels !

Et pourtant, l'envie d'en apprendre davantage sur lui avait été la plus forte. Elle avait toujours eu du mal à résister à la tentation.

Elle avait consulté de nombreux sites consacrés à l'histoire du Dhurahn, mais aucun ne révélait d'informations personnelles sur le souverain actuel.

Elle avait aussi visité un site évoquant le projet du Dhurahn de devenir le centre financier du Moyen-Orient, et qui comportait des indications très précises ainsi que les photographies des nouveaux bâtiments construits dans ce but. Elle avait aussi trouvé des descriptions intéressantes sur les traditions du pays, et les célébrations nationales.

Mais sur le prince, il n'y avait rien du tout, pas même une photo, à peine quelques lignes dans une encyclopédie gratuite en ligne, mentionnant sa date de naissance, le nom de ses parents et de ses grands-parents, et le fait que les souverains de Dhurahn avaient pour tradition d'épouser des Européennes.

Son cœur avait battu un peu plus fort en lisant ces mots. Des *Européennes*… Décidément, elle était folle à lier !

Furieuse contre elle-même, elle entreprit une recherche sur Khulua. Anne lui avait indiqué que ce pays et ses ruines anciennes valaient le détour et comme elle disposerait de quelques jours de congé le mois suivant, elle pourrait y faire un saut, se dit-elle. Cela lui permettrait de recouvrer son bon sens. Sans plus attendre, elle réserva un vol et un hôtel pour Khulua.

Après quoi, elle reprit l'étude de la carte satellite de la zone sur laquelle elle travaillait avec son équipe. Comme toujours quand elle regardait cette carte, elle était attirée par la zone où la rivière prenait sa source. Elle avait la conviction qu'à un certain moment et pour une raison qu'elle ignorait, le cours de la rivière, pas très loin de sa source, avait été dévié. Par curiosité, elle aurait aimé en connaître le motif, car en toute logique, ce cours n'aurait pas dû être modifié…

Sam tournait le dos à la porte de la tente ; elle était tellement accaparée par ce qu'elle faisait que Vere put l'observer pendant quelques instants, à son insu.

Quand il finit par entrer, et bien qu'il n'ait toujours fait aucun bruit, elle bondit brusquement sur sa chaise et se retourna.

— Vous ! s'écria-t-elle alors, avant de se ressaisir : Enfin, je veux dire, Votre Altesse…

Son cœur se mit à cogner follement dans sa poitrine et elle ressentit une sorte de vertige. Soudain, elle avait l'impression que l'oxygène se raréfiait dans la tente.

Elle aurait aimé qu'il ne s'approche pas aussi près d'elle, car elle sentait à présent son souffle sur sa peau, tout comme l'odeur qui émanait de lui. Désireuse d'éviter son regard, elle se mit à fixer ses mains, avant de se rendre compte de son erreur… Ses mains, vigoureuses et larges, pouvaient supporter le poids d'un faucon chasseur ou caresser le corps tremblant d'une femme… A cette pensée, elle sentit sa température corporelle monter d'un cran, et maudit les images importunes qui lui traversèrent l'esprit. Pourtant, il fallait faire face…

— Je voulais discuter avec vous du commentaire de votre collègue qui prétend que vous remettez en cause l'authenticité des frontières du Dhurahn, annonça-t-il sans préambule.

Son cœur battait sourdement dans sa poitrine, mais il ne faisait aucun doute que c'était la colère qui était à l'origine de ce qu'il ressentait alors, rien d'autre. Grâce à son œil vif, typique des hommes du désert, il avait bien vu qu'elle avait réservé un vol pour Khulua, confirmant tous ses soupçons.

Si Sam s'attendait à ce qu'on lui demande des comptes sur le commentaire de James, elle fut des plus surprises qu'il vienne en personne dans sa tente lui réclamer des explications.

En reconnaissant la fragrance qu'il portait lors de leur rencontre à l'hôtel, elle perdit toute faculté de se concentrer et sentit naître en elle des sensations bien peu en accord avec la nature de sa visite. Elle prit néanmoins son courage à deux mains pour assurer :

— Je n'ai jamais remis en cause les frontières du Dhurahn.

— Ah bon ? Ce n'était pas du tout l'avis de votre collègue, répondit-il avec dédain.

— Je n'ai jamais remis en cause les frontières du Dhurahn, ni en public ni en privé, répéta-t-elle d'un ton déterminé.

Visiblement, cela n'atténua pas sa colère et elle eut la sensation de plaider quand elle poursuivit :

— Je crois que James n'a pas compris combien ce sujet est sensible. Enfin, ce que je veux dire, c'est qu'il voulait juste se faire remarquer… Il n'a aucune raison fondée d'affirmer une chose pareille.

A part celle de lui attirer des ennuis, acheva-t-elle intérieurement, pour tenter de prendre sa place !

Elle sentait que l'homme qui se tenait devant elle ne croirait jamais à son innocence, et qu'il ne lui accorderait même pas le bénéfice du doute, d'autant qu'il la blâmait déjà pour un incident antérieur…

A bien y réfléchir, elle avait sa part de responsabilité dans ce qui s'était passé entre eux, à l'angle du couloir de l'hôtel, mais elle n'était pas la seule en cause, quoi que le prince Vereham al-a'Karim ben Hakar puisse en dire à présent !

— James a mal interprété mes propos, ajouta-t-elle encore, même si elle savait qu'il était inutile de continuer de se justifier.

Elle venait de remarquer qu'il ne la regardait plus, mais qu'il fixait son écran, tout en fronçant davantage encore les sourcils.

— C'est la source de la rivière Dhurahni ? déclara-t-il alors sur un ton suspicieux.

— En effet, répondit-elle.

— Pourquoi l'étudiez-vous ? La rivière traverse le Dhurahn et uniquement le Dhurahn, par conséquent elle est en dehors de votre champ d'investigation.

— Oui, je sais, fut-elle contrainte d'admettre.

— Alors expliquez-moi pourquoi vous étudiez cette carte ! ordonna-t-il d'un ton à la fois hostile et furieux, avant de l'assaillir d'un feu roulant de questions : Pourquoi estimez-vous nécessaire de remettre en cause la source de la rivière ? Qu'espérez-vous prouver, ou gagner ? Quelles sont vos intentions cachées ? Pourquoi vous intéressez-vous à une source qui n'a rien à voir avec votre mission ?

Elle lui lança un regard horrifié.

— Non, ce n'est pas ça, vous ne m'avez pas comprise, protesta-t-elle. C'est juste que… Eh bien, je n'ai pas pu résister…

Elle sentit ses joues s'enflammer, consciente du terrain dangereux sur lequel elle allait s'aventurer. Prenant son courage à deux mains, elle poursuivit pourtant :

— Il y a quelque chose dans les rivières souterraines qui me fascine, surtout quand elles courent sur une aussi longue distance, et je…

Vere lui adressa un regard sévère.

— J'ai l'impression, mademoiselle McLellan, que vous êtes incapable de résister à vos propres désirs. Et que vous cédez à vos impulsions sans vous rendre compte que vous transgressez les règles.

Ce reproche ne concernait pas uniquement ses recherches sur la rivière, elle le savait bien, de sorte que cette fois son visage s'embrasa.

— Aucune loi n'interdit à quiconque de s'intéresser à un phénomène naturel, se défendit-elle pour balayer ses sous-entendus. Surtout quand je m'y consacre en dehors de mes heures de travail.

Vere serra les dents, mais ne répondit rien. Il avait eu tort de venir en personne dans sa tente, car maintenant elle était sur ses gardes.

— Cette rivière est un élément vital pour la région, poursuivit-elle, et j'avoue que je suis curieuse de savoir pourquoi le cours de la rivière paraît avoir été dévié.

— Comme vous l'avez observé tout à l'heure, vous êtes parfaitement consciente du fait que la rivière coule *à l'intérieur* des frontières du Dhurahn. Elle est par conséquent *en dehors* de votre domaine de compétences.

— C'est vrai, reconnut Sam.

— Vous êtes une cartographe professionnelle. Sachez que je ne serai pas la seule personne à m'étonner de votre curiosité.

Il était bien plus furieux que la situation ne le méritait, pensa-t-elle. Sa colère était telle qu'elle avait la sensation que la température avait augmenté sous la tente, depuis qu'il y était entré. Pourquoi l'accusait-il de nourrir des intentions cachées ? N'était-il pas en train de chercher un prétexte pour la renvoyer, pour qu'elle quitte le camp ?

— Je vous assure qu'il s'agit de simple curiosité, reprit-elle vaillamment. C'est intéressant et…

— Intéressant ? la coupa-t-il. Vous vous penchez

sur une question de votre propre chef, en utilisant du matériel et du temps destinés à autre chose. Pour qui est-ce intéressant, vous pouvez me le dire ?

Il se rendit alors compte qu'il était allé trop loin, dans la mesure où il ne souhaitait absolument pas lui laisser entendre qu'il la soupçonnait d'alliance avec l'émir. Mais il avait été incapable de se contenir, et il savait pourquoi… Même s'il voulait croire qu'il ne pouvait pas faire confiance à cette femme, quelque chose en lui lui disait qu'il se trompait et cela le contrariait.

Il devait détruire ce doute.

Sam sentit, sans le comprendre, les forces contradictoires entre lesquelles le prince était tiraillé. Il avait beau porter la djellaba traditionnelle, c'était indubitablement un homme moderne, pas le prince romantique du désert sorti tout droit de son imagination. C'était un mâle dominant du XXIe siècle, un homme en colère et intransigeant, prêt à se battre pour ce qu'il considérait comme lui appartenant. Et si elle ne réagissait pas sur-le-champ, elle se retrouverait bientôt sans travail.

— Je suis désolée si… si je vous ai offensé ou si j'ai transgressé des lois sans le savoir, dit-elle alors.

Il lui coûtait de formuler ces excuses, mais elle ne voulait pas porter préjudice à sa carrière et surtout, elle n'accepterait pas d'être pénalisée pour ce qui s'était passé au Zuran.

Ne pensait-il pas qu'elle regrettait tout autant que lui l'incident ? Et son regard signifiait-il qu'il avait conscience qu'elle lui présentait des excuses pour autre chose que son éventuel faux pas concernant la rivière ?

Ce fut alors que, sans préambule, il demanda :

— Et à quel endroit, selon vous, le cours de la rivière a-t-il été modifié ? Montrez-moi !

Il regretta aussitôt sa requête. N'allait-elle pas y voir une manière de vulnérabilité ?

Il se tenait bien trop près d'elle, pensa Sam, troublée. Et puis, elle n'était nullement obligée de lui obéir ! Après tout, il se trouvait dans ses quartiers privés, et elle n'était pas certaine de pouvoir supporter très longtemps la pression qu'il exerçait sur elle.

Comme il l'avait lui-même souligné, ces informations n'appartenaient pas à son domaine de compétences, aussi n'était-elle en aucun cas contrainte de les partager avec qui que ce soit. Cependant, le bon sens lui dictait qu'il aurait été très imprudent de lui résister. Aussi s'empara-t-elle de la souris en s'efforçant de ne pas trop trembler.

Il était tellement excitant de le sentir juste derrière elle… Quand il se pencha en avant pour voir l'écran de plus près et qu'elle perçut son souffle sur sa peau, un frisson de plaisir la parcourut… Elle se tendit, trop consciente des effets de sa virilité. Voulait-elle s'humilier une deuxième fois ?

Et pourtant, la voix de la tentation lui soufflait que si elle se penchait en arrière, sa tête toucherait l'épaule du prince, qui poserait peut-être sa main sur la sienne, et…

Brusquement, un élan de désir la traversa.

Que lui arrivait-il ? se demanda-t-elle, furieuse. Qu'avait-elle fait de sa dignité ? Elle devait à tout prix cesser de fantasmer sur lui ! Sa fierté n'avait-elle pas assez souffert pour étouffer en elle tout désir de cet homme ?

— C'est ici que j'ai noté quelque chose, lui dit-elle en s'efforçant de prendre un ton professionnel peu convaincant, même à ses propres oreilles.

Elle se demanda alors s'il avait remarqué que son bras s'était raidi dans son effort pour éviter tout contact avec lui.

Vere aurait aimé fixer l'écran, mais il ne pouvait

s'empêcher de regarder son profil, sa bouche entrouverte, ses seins qui montaient et descendaient au rythme de sa respiration. Leurs courbes étaient si douces qu'elles donnaient à un homme l'envie de les caresser.

Furieux du cours que prenaient ses pensées, il passa à l'attaque :

— Pensez-vous vraiment que je vais croire que quelques rayures sur une carte sont la preuve que quelqu'un a détourné le cours d'une rivière aussi rapide que la Dhurahni ?

— Ce sont des images GPS, lui rappela-t-elle alors, piquée par sa critique. Bien sûr, elles ne sont pas faciles à lire, notamment pour un regard non entraîné.

— Je puis vous assurer que je suis tout à fait familiarisé avec les images satellites pour être en mesure d'en apprécier les informations, répondit-il froidement.

— Vous comprendrez donc que le dessin du lit est bien plus clair quand on le voit sur le terrain, rétorqua-t-elle avec fermeté, résolue à lui montrer qu'elle n'allait pas se laisser malmener.

— Je connais l'endroit où la rivière prend sa source, et je n'ai jamais noté ce phénomène, déclara-t-il alors.

— Peut-être n'avez-vous pas observé le bon endroit ?

Il était aussi possible qu'il n'ait rien voulu remarquer, pensa Sam, tout en se demandant pourquoi.

Après tout, comme il l'avait souligné, les deux cours d'eau se trouvaient à l'intérieur des frontières du Dhurahn, et personne ne pouvait remettre en question le fait que la rivière traversait exclusivement ce pays. C'était d'ailleurs ce qui, à ses yeux, rendait le changement encore plus fascinant.

— Peut-être, alors, concéda-t-il d'une voix dure.

Et tout à coup, il se redressa et regarda sa montre.

Un sentiment de soulagement envahit aussitôt Sam,

qui pensa qu'il avait un rendez-vous et qu'il allait partir. Mais, à son grand désarroi, elle l'entendit déclarer :

— Après dîner, ce soir, nous nous rendrons à l'endroit où la rivière prend sa source. Le trajet durant trois heures, nous camperons là-bas, cette nuit. Au matin, vous pourrez me montrer ce supposé lit, puis nous reviendrons avant la chaleur du jour.

— Non ! s'écria-t-elle, affolée, dans un dérisoire réflexe de protection.

— Pardon ?

A son expression, il était évident qu'il n'avait nullement l'habitude qu'on conteste ses ordres. Il fit un pas vers elle, et à sa grande honte, elle se rendit compte qu'en dépit de sa panique, elle avait envie qu'il se rapproche encore plus d'elle.

— Non, répéta-t-elle pourtant. N'avancez pas, ne me touchez pas !

En formulant ce mensonge, elle voulait à tout prix s'en persuader.

Il s'immobilisa tout net.

— Vous toucher ? Comment osez-vous prétendre que j'en ai la moindre envie ?

Elle se sentit rougir sous l'humiliation, et se retint de lui dire qu'à une autre occasion, il avait fait plus que la toucher. Mais le souvenir du rôle très actif qu'elle avait alors elle-même joué la retint d'évoquer l'incident, et elle l'entendit poursuivre :

— Laissez-moi vous dire une bonne chose : vous ne craignez absolument rien de ce côté-là. Et avant que vous ne vous humiliiez à faire allusion à un certain événement qui nous déshonore tous deux, sachez que j'ai l'intention de l'oublier, et je vous recommande d'en faire autant.

— Je n'ai pas besoin de vos conseils en la matière,

Votre Altesse, car j'ai déjà oublié ce qui s'était passé, mentit-elle alors en serrant les dents.

Sa véhémence prit Vere de court.

Il n'avait pas l'habitude qu'on le défie, à l'exception de Drax. Le fait qu'elle ait osé le faire, qui plus est sur un ton tout à la fois passionné et furieux, le surprit. Décidément, cette femme avait le don de réagir de manière inattendue. Pis encore : elle le forçait à adopter un comportement qui ne lui ressemblait pas.

Il était venu la voir dans un dessein bien précis : la déstabiliser et révéler sa connivence avec l'émir. Or, rien ne s'était déroulé comme il l'avait prévu, ce qui le contrariait vivement.

Il aimait cerner à la fois les situations et les personnes afin d'être en mesure de les dominer, et l'entêtement de Sam à ne pas entrer dans ce moule le mettait hors de lui.

Elle mentait quand elle affirmait avoir oublié leur baiser, c'était une évidence ! Le souvenir qu'elle en avait était inscrit dans chacune de ses paroles, chacun de ses regards. Le prenait-elle pour un idiot ? Et si ce n'était encore qu'une manœuvre de sa part pour le provoquer et le pousser à recommencer ?

Ce baiser, était-ce un piège ? Et pensait-elle réellement qu'il serait trop vulnérable pour ne pas s'en remettre ? Pour qui le prenait-elle donc, si elle estimait qu'il manquait à ce point de principes et de fierté pour désirer ce qu'elle était si prompte à lui offrir ?

Mais elle allait bientôt comprendre à quel point elle s'était trompée, et constater qu'il était complètement insensible à ses charmes.

D'un pas vif, il sortit de la tente, sourd à la petite voix intérieure qui l'exhortait à la raison et lui rappelait qu'il était censé gagner sa confiance pour mieux la démasquer.

5.

— Sam ! Enfin te voilà ! Je te cherchais partout. Je peux te parler ?

Elle sursauta. Profondément absorbée par ses pensées, elle n'avait pas entendu Anne approcher.

— Oui, bien sûr…

— C'est à propos de James, précisa son amie en l'entraînant à part tandis que les autres membres de l'équipe passaient devant elles, se rendant à la tente commune où était servi le dîner.

Elle poursuivit alors :

— Ted dit qu'il a apporté de l'alcool au camp et boit en cachette. Il paraît qu'il sentait le whisky, l'autre jour, et Ted pense même l'avoir vu boire à même une flasque quand ils étaient sur le terrain.

Sam perçut du désarroi dans la voix d'Anne.

— Non, je ne crois pas, répondit-elle. Nous savons tous que l'alcool est strictement interdit ici, même pour notre propre consommation. Nous avons été mis en garde contre les sanctions encourues par ceux qui ne respecteraient pas les consignes, et James est bien trop ambitieux pour mettre sa carrière en péril.

— Comme toi, nous aimerions que ce soit vrai, mais je t'assure que Ted est très inquiet. Lui et moi avons déjà travaillé au Moyen-Orient, et nous avons déjà constaté que certains collègues se réfugiaient dans l'alcool, sans doute parce que leur foyer leur manquait.

— Ce n'est pas parce que Ted a vu James boire de l'alcool que celui-ci est alcoolique, répondit-elle alors sans comprendre pourquoi elle défendait James après les ennuis qu'il lui avait causés.

— Bien sûr que non ! Mais comme je te l'ai dit, à plusieurs reprises, Ted a surpris une haleine chargée, chez lui. Il a essayé de lui en parler, et chaque fois James l'a envoyé promener. Je ne sais pas si tu as remarqué, mais son comportement est parfois peu rationnel. Personne n'aime recevoir de leçon, et dans la mesure où tu travailles avec lui, nous avions pensé que nous devions t'en toucher deux mots.

— Merci, dit-elle. Mais s'il boit, je ne peux pas grand-chose pour lui, car je suis la dernière personne qu'il écoutera.

— Pour être honnête, c'était plutôt à toi qu'à lui que nous pensions. On dirait qu'il a une dent contre toi, et que son commentaire devant le prince était parfaitement déplacé.

— En effet, approuva Sam d'un air contrit. D'autant que ce n'est pas vrai.

Ce qu'elle redoutait, c'était que James soit tombé sur les photos satellites de la rivière. Elle devrait désormais se montrer beaucoup plus prudente et l'empêcher de pouvoir accéder à ses données.

— Viens, allons dîner, décréta Anne. Est-ce que tu sais quand Talia va revenir ?

Elle secoua la tête.

— Non, je l'ignore.

Les Smith était un couple attentionné, et elle appréciait le fait qu'ils l'invitent à leur table, la sachant sans sa collègue habituelle. Le problème, c'était qu'elle n'avait pas du tout faim, sachant ce qui l'attendait après le dîner : elle devrait en effet se plier aux exigences du prince Vereham al-a'Karim ben Hakar et lui montrer ce qu'elle avait découvert.

— J'avoue que c'est la première fois que je mange si bien lors d'une mission, dit Anne en riant. Je pense que j'ai dû prendre du poids.

— C'est vrai que la nourriture est excellente, ici, approuva machinalement Sam.

Le Zuran était une destination touristique mondialement connue, et le souverain avait mis à leur disposition un jeune chef fort doué.

— J'ai acheté un DVD de la dernière adaptation de Jane Austen quand nous étions en ville, enchaîna Anne. Comme ce n'est pas la tasse de thé de Ted, je me suis dit que nous pourrions le regarder toutes les deux, après dîner.

— Ç'aurait été avec plaisir, répondit Sam, mais je ne vais pas pouvoir… Le prince Vereham al-a'Karim ben Hakar m'a ordonné de l'accompagner pour une visite sur site, et il veut que nous partions juste après le dîner.

Si Anne était surprise, elle n'en laissa rien paraître et se contenta de répondre :

— Ce n'est pas grave, ce sera pour une autre fois.

Heureusement, James n'était pas sous la tente, pas plus que le prince, ce qui n'était guère étonnant, puisque les Arabes de haut rang mangeaient souvent séparément. Il lui aurait été impossible d'avaler quoi que ce soit sous son cruel regard vert.

— Tu as déjà fini ? demanda Anne, surprise, quand Sam lui toucha le bras pour lui signifier qu'elle partait.

— Je dois préparer mes affaires pour la visite dont

je t'ai parlé. Je ne voudrais pas faire attendre le prince et son entourage.

— Je comprends, répondit Anne. Je dois dire que c'est un homme particulièrement beau, bien qu'un peu austère, mais il a une réelle présence. Jane Austen s'en serait donné à cœur joie, avec un héros comme lui. En le voyant, on ne croirait pas que le Dhurahn est le pays le plus démocratique des Etats du golfe !

Elle approuvait tout à fait l'opinion d'Anne, pensa Sam tout en regagnant sa tente pour faire son sac et prendre son ordinateur. Cette « visite sur site », ainsi qu'elle l'avait présentée, ne prenait-elle pas les allures d'un véritable supplice ?

Vere regarda sa montre. Ses hommes avaient dû charger son 4x4 avec toutes les affaires nécessaires à l'expédition. Par téléphone, il avait expliqué à son jumeau ce qu'il avait découvert, et Drax avait promis de se renseigner sur Mlle Samantha McLellan.

Ce n'est qu'après avoir raccroché qu'il s'était rendu compte qu'il n'avait rien dit à Drax concernant sa première rencontre avec « Sam », comme l'appelaient ses collègues. Mais cette information avait-elle, au fond, une réelle importance ?

Une bouffée de colère le saisit quand il se rappela que, dans la tente, elle avait cru qu'il allait la toucher… Pensait-elle posséder un tel pouvoir de séduction sur lui ? Elle devait avoir oublié la position qu'il occupait ! Et lui-même s'en voulait tellement d'avoir cédé à ses pulsions et de l'avoir embrassée ! Il n'imaginait pas son père, si fort et si digne, s'abaisser à une telle inconduite. Mais il était vrai que ce dernier, après avoir rencontré l'amour de sa vie, n'avait plus été soumis à la tentation…

Lui, en revanche, ne pouvait pas se permettre d'aimer. Que se serait-il passé, par exemple, si les battements accélérés de son cœur, quand il avait tenu Samantha McLellan dans ses bras, avaient été le fait de sentiments plus profonds que le simple désir sexuel ?

Et soudain, il se révolta contre ses propres pensées. Comment pouvait-il associer le mot « sentiments » à cette femme ?

— Tout est prêt, Votre Altesse…

En guise de réponse, Vere se contenta d'un hochement de tête à l'adresse de son second.

Sam venait de terminer son sac quand elle entendit sa porte en toile s'ouvrir sur le prince.

— Etes-vous prête ? demanda-t-il en inclinant légèrement la tête.

Elle lui répondit d'un même mouvement silencieux.

— Très bien, alors, décréta-t-il.

Et il pivota sur lui-même, tenant pour acquis qu'elle allait le suivre.

Agacée, elle s'empara de son sac et lui emboîta le pas. A cause de l'étroitesse du sentier, elle dut continuer à marcher derrière lui comme si elle était son inférieure, ce qui eut le don de l'irriter. Avançant tête baissée, elle faillit le heurter quand il s'arrêta net devant le 4x4. Ce n'était pourtant pas le moment de le toucher, surtout après ses accusations !

Apparemment, c'était lui qui conduirait le gros véhicule qui se trouvait devant eux. Jetant un regard autour d'elle, elle trouva curieux qu'il n'y en ait pas d'autres…

— Quelque chose ne va pas ? demanda-t-il d'un ton impatient.

Rien n'allait, pensa-t-elle alors, mais elle se garderait bien de le lui dire.

— Non, répondit-elle à la place.

— Parfait. Donnez-moi vos affaires, je vais les mettre dans le coffre.

Ce fut à contrecœur qu'elle lui confia son portable, mais elle n'était pas dans la position de lui désobéir. Elle remarqua qu'il s'emparait sans peine de son sac, qui pesait si lourd sur son épaule…

Après avoir placé le bagage dans le coffre, il se dirigea vers la portière passager, tandis qu'elle jetait des regards méfiants autour d'elle.

— Vous montez ?

C'était davantage un ordre qu'une demande.

Confuse, elle leva les yeux vers lui : il lui tenait la porte et attendait effectivement qu'elle entre dans le 4x4.

— Vous voulez que je monte ?

— Cela me semble logique, afin que nous nous rendions à notre destination.

A la façon dont il la regardait, elle comprit que si elle le faisait encore attendre, il finirait par la forcer à monter, comme une petite fille. A contrecœur, elle grimpa donc dans le véhicule dont il referma bruyamment la portière.

Elle attachait sa ceinture quand il prit place derrière le volant, refermant sa portière avec la même irritation.

C'était donc lui qui allait conduire ?

— Qu'y a-t-il ? demanda-t-il soudain.

— Où sont les autres ? questionna-t-elle d'un ton incertain.

— Quels autres ?

— Vous voulez dire que… ? Mais je pensais…

— Que pensiez-vous ? Qu'après votre manœuvre pour favoriser une intimité entre nous, je ne prendrais pas le risque de me retrouver seul avec vous ? Soyez sans crainte : je pense être capable de défendre mon honneur moi-même.

Sam se sentit rougir de honte, et tourna la tête vers la fenêtre. Il venait de démarrer et il était trop tard maintenant pour protester et tenter de descendre.

— Ce qui s'est passé dans le couloir était un pur accident… Une erreur.

— Une erreur, c'est certain, mais un accident, je n'en suis pas sûr, répliqua-t-il.

Elle serra les dents. Sous l'effet de la colère, elle avait du mal à trouver ses mots.

— Vos propos sont à la fois offensants et ridicules, commença-t-elle. Après tout, ce n'est pas moi qui ai organisé ce voyage, et je n'aurais sûrement pas choisi de le faire seule avec vous.

Vere comprit qu'elle avait marqué un point, ce qui attisa encore sa fureur. De fait, tout ce qui était lié à sa personne et aux problèmes qu'elle suscitait le contrariait.

A cause de ses investigations concernant la source de la rivière, il se voyait contraint, en dépit de son emploi du temps pourtant bien chargé, d'aller vérifier la situation sur place, afin de repousser tout éventuel argument de l'émir.

Par ailleurs, il n'avait nulle envie que ses idées se propagent. C'était pour y couper court qu'il avait entrepris ce voyage en tête à tête, ce qu'il n'aurait d'ordinaire jamais fait.

Quand il se rendait dans le désert, il aimait s'y retrouver seul, complètement seul, afin de se ressourcer. Il détestait l'idée de devoir partager le désert, *son* désert, avec cette femme qui l'irritait au point qu'il ne pouvait plus fermer les yeux sans voir son image se dessiner derrière ses paupières, enflammant son hostilité comme un éperon sa monture. Il était venu dans le désert pour vivre en ermite pendant quelques jours précieux et se pénétrer des mystères de ce lieu magique…

Or, comment trouver la pureté en compagnie d'une femme capable de vendre son corps et sa conscience ? Une femme qui était à l'opposé de celles qu'il admirait.

Evidemment, il avait ressenti du désir pour elle, c'était incontestable, dut-il admettre, découragé, avant de se jurer qu'il ne céderait plus jamais à un tel accès de faiblesse.

Elle n'aurait jamais accepté ce voyage si elle avait su qu'elle serait seule avec lui, pensa Sam, exaspérée. Il aurait au moins pu la prévenir ! Mais il était bien trop arrogant pour lui demander son avis, estimant que ses paroles avaient force de loi. Soudain, elle sourcilla et tourna la tête vers lui.

— Je pensais que seuls les chauffeurs qualifiés pouvaient conduire dans le désert ? A moins que ces règles ne s'appliquent pas aux souverains…

Elle vit ses yeux s'assombrir sous l'effet de la colère : ce qu'elle venait de dire lui avait manifestement déplu.

— Je suis tout à fait qualifié pour conduire dans le désert, répondit-il avec froideur.

Puis il détourna son regard pour vérifier son satellite de navigation avant de s'adresser en arabe, dans son casque, au contrôleur radio du camp. Il venait de lui faire comprendre qu'il n'avait plus envie de discuter et cela lui convenait tout à fait. Elle non plus ne souhaitait plus avoir le moindre contact avec lui.

Le 4x4 avait beau être très confortable, avec son air conditionné et ses sièges en cuir, Sam n'était pas en mesure de se relaxer. Et ce n'était pas simplement à cause des dunes qu'ils montaient et descendaient sans cesse !

Il y avait aussi le fait que cette nuit-là, ils devraient partager un campement. Naturellement, elle n'avait pas peur de lui et il lui était déjà arrivé de passer la nuit loin de sa tente ; cela faisait partie de son travail. D'ailleurs, Anne n'avait pas cillé quand elle lui avait annoncé qu'elle partait sur un site après dîner.

Mais d'ordinaire, ce genre de voyage s'effectuait à plusieurs. Il n'y avait jamais une seule personne, un seul homme, et en l'occurrence cet homme qui la rendait dangereusement vulnérable…

Elle se ressaisit bien vite en se rappelant que ce n'était plus le cas, qu'elle ne fantasmait plus sur l'éventualité de vivre une passion insensée avec lui. Car si tel avait été le cas, alors, bien sûr, l'idée de passer une nuit seule avec lui sous les étoiles du désert et d'admirer le ciel nocturne l'aurait enchantée… Les nuits étaient froides dans le désert, et incitaient deux personnes éprouvant du désir l'une pour l'autre à mêler la chaleur de leurs corps.

Elle ne pouvait concevoir un cadre plus romantique, avec ses secrets puissants, ses mystères magiques, pour consommer une liaison. La force virile du désert, sous la douce lueur de la lune, symbolisait de toute éternité le meilleur de l'amour…

Pourquoi nourrissait-elle de telles pensées, alors que celles-ci ne pouvaient que la blesser ? se reprocha-t-elle soudain. Cela ne lui suffisait-il pas qu'il ne veuille plus entendre parler de ce qui s'était passé à l'hôtel et que, de surcroît, il porte des accusations contre elle et remette en cause son professionnalisme ? Il n'était pas simplement indifférent à son charme, il la détestait ! Et elle le lui rendait bien, à présent !

A cet instant, elle sentit les larmes lui monter aux yeux, et sa gorge se nouer…

Il était tout à fait insensé de regretter ce que l'on ne pouvait plus changer. La seule chose à faire était de se prémunir contre toute nouvelle tentative de séduction du prince, ce qui ne serait pas très compliqué, dans la mesure où elle avait passé une bonne partie de sa vie d'adulte en célibataire et n'avait jamais été victime de son désir…

Elle avait couché une seule fois avec un garçon, à l'époque où elle était étudiante, et l'expérience avait été loin d'être concluante : elle avait la sensation d'avoir sacrifié sa virginité pour gagner le droit d'être considérée comme une femme. Il était par conséquent absurde qu'un homme comme le prince l'accuse de vouloir le séduire, alors qu'il était manifeste que c'était lui qui possédait toute l'expérience et la sensualité dont une femme pouvait rêver en la personne d'un amant.

N'était-ce d'ailleurs pas précisément pour cette raison qu'elle avait si vite succombé à la tentation ? N'avait-elle pas cru, l'espace d'un fol instant, qu'elle allait enfin connaître, dans les bras de cet homme, tous les mystères de l'amour dont elle s'était privée et dont elle rêvait en secret ? Il était moins pénible d'analyser la situation sous ce jour que d'imaginer, comme elle l'avait d'abord cru, qu'ils étaient faits l'un pour l'autre.

Cette idée-là était particulièrement ridicule…

Toutefois, les choses auraient pu être différentes s'il avait ressenti le même trouble qu'elle quand ils s'étaient retrouvés dans les bras l'un de l'autre, à l'hôtel. Elle se serait alors donnée bien volontiers à lui, juste pour la joie de connaître enfin le plaisir sensuel, sans rien exiger d'autre qu'un désir réciproque. Elle aurait ensuite enfermé ce précieux souvenir dans son cœur, pour pouvoir le revivre aussi souvent qu'elle en avait envie.

Mais il ne lui avait offert aucun souvenir…

A la place, il l'avait accusée et humiliée.

Un imperceptible gémissement lui échappa tandis que les barrières qu'elle tentait d'ériger autour d'elle menaçaient de s'effondrer. Ce n'était *pas du tout* le moment de céder aux émotions !

Vere lança un coup d'œil vers sa passagère. Se félicitant de sa conduite impeccable dans le désert, il ne s'expliquait pas le léger gémissement que la jeune femme assise à côté de lui venait d'émettre.

Il regarda son GPS et vérifia la boussole de bord. Ils étaient hors de portée des fréquences radio, maintenant, mais il ne craignait nullement de se perdre.

Il avait menti à Sam quand il lui avait affirmé ne rien savoir sur la déviation de la rivière.

La source était vénérée dans sa famille, et ses parents les y avaient souvent emmenés, Drax et lui. Ils avaient conservé la tradition et venaient, l'hiver, camper près de la rivière que leurs ancêtres étaient censés avoir fait jaillir de la roche ; il savait par ailleurs très bien comment et pourquoi le cours originel de la rivière avait été modifié. Ce qu'il ignorait, en revanche, c'était l'interprétation que Mlle Sam McLellan allait en faire quand, payée par l'émir, elle commencerait à semer la zizanie au Dhurahn.

Lorsqu'il reviendrait au campement principal, le lendemain, il serait en possession de l'information. Quant à Sam McLellan, elle saurait qu'il détruirait impitoyablement sa crédibilité pour protéger son pays et son peuple si elle persistait dans cette voie.

*
* *

Sam poussa un petit cri quand le 4x4 se mit à monter une dune très raide. Elle retint son souffle, redoutant au mieux qu'ils s'enlisent dans le sable, au pis qu'ils glissent à reculons jusqu'au bas de la pente.

Vere restait indifférent à son inquiétude. De fait, lui jetant un coup d'œil en coin, elle eut la sensation qu'il souriait, comme s'il ressentait une réelle joie à dompter le terrain hostile. Et puis soudain, ils arrivèrent en haut de la dune, sur un plateau, et elle se détendit.

— Voici notre camp, déclara-t-il. Nous devrions y être dans quelques minutes, à présent.

A leurs pieds, Sam percevait des dizaines de points lumineux, tandis que la lune révélait les contours familiers de deux tentes bédouines.

Elle écarquilla les yeux. Elle avait cru qu'ils devraient monter leurs propres tentes, mais elle s'était trompée du tout au tout : son personnel les avait précédés pour dresser le camp. La pensée que des gens aient dû travailler sous une chaleur torride pour le bon plaisir du prince la révolta, sans compter que cela soulignait encore une fois leur différence de statut.

— Que c'est accueillant ! observa-t-elle d'un ton détaché. Cependant, je n'ose pas imaginer le gaspillage d'énergie que cela a dû représenter.

Vere sourcilla. Le Dhurahn était sans conteste le pays le plus « vert » de tous ceux de la région. Avec son frère, il s'impliquait personnellement dans la promotion du biocarburant, aussi n'apprécia-t-il pas du tout le commentaire de Sam.

— Il n'est pas bon d'avoir des préjugés, répondit-il, surtout pour une scientifique. Ainsi, les lumières que vous voyez sont alimentées par le soleil, et l'eau qui provient de la condensation qui s'effectue pendant la nuit sera récupérée de façon traditionnelle. Le Dhurahn est réputé pour être l'un des Etats les plus écologiques de la région, et nous prenons très au sérieux l'environnement.

— Pourtant, votre véhicule consomme beaucoup d'essence, le coupa Sam, agacée. J'imagine qu'en tant que souverain, vous estimez être dans votre bon droit.

— Le Dhurahn ne possède pas de pétrole, et contrairement à ce que vous pensez, ce véhicule a été conçu pour utiliser le moins d'essence possible, rétorqua-t-il. En collaboration avec nos voisins du Zuran, nous finançons la recherche en biocarburants. Je suis certes un prince arabe, mademoiselle McLellan, mais je suis issu d'un peuple doué pour vivre en harmonie avec la nature et la respecter. Et tant que souverain du Dhurahn, j'ai l'insigne privilège d'honorer les traditions de mon peuple, au lieu de les bafouer en recherchant le consumérisme effréné qui a causé tant de souffrances à l'humanité.

Sam demeura sans voix. Elle ne s'était pas attendue de sa part à un ardent plaidoyer en faveur de l'écologie, et elle lui en voulait presque pour son éthique en la matière. Elle retint un soupir : sa réaction était vraiment puérile ! Elle aurait dû au contraire se réjouir de son engagement, même s'il lui était insupportable de se sentir toujours dévalorisée par cet homme.

Ils étaient aux portes du camp, à présent, et elle percevait le reflet de la lune dans le petit point d'eau, près des rochers. Elle était déjà venue ici examiner la source de la rivière, et elle avait trouvé ce lieu superbe, la végétation formant un halo vert et luxuriant autour de l'eau, tandis que l'érosion des rochers trahissait le passage du temps. Le paysage l'avait beaucoup impressionnée, et avoir le privilège de le revoir l'apaisa : elle sentit son irritation se dissiper. Comment ne pas s'émerveiller devant tant de beauté ? C'était initialement pour cette raison qu'elle avait tenté d'obtenir ce poste, pour assister aux miracles qui fleurissaient le désert.

— La source du point d'eau doit être souterraine, dit-elle avec douceur.

Vere la regarda et lut dans ses yeux l'expression d'un respect dont il entendit l'écho dans sa voix, ce qui le prit de court. Comme si une barrière venait de s'écrouler en lui, le désir jaillit tout à coup dans son cœur. Cela allait à l'encontre de ses intérêts et de ceux de son peuple, mais il ne pouvait ignorer cette réalité : il la désirait.

Aussitôt, comme assommé par cette révélation, il détourna les yeux.

Enfant, il s'était lui aussi émerveillé devant le point d'eau, le trouvant magique, tandis que son frère, à l'esprit toujours plus pratique, voulait plonger dedans pour repérer la source.

« Il n'en est pas question, lui avait répondu son père. C'est bien trop dangereux. De plus, je peux vous certifier que la source se situe sous les rochers. Elle va et vient par un chemin connu d'elle seule, mais sa force d'attraction est extrêmement grande. »

Tout comme celle de la femme qui se tenait près de lui, pensa-t-il alors, puisqu'en dépit de l'hostilité qu'elle lui inspirait, son désir pour elle n'en demeurait pas moins puissant. Cette pensée s'insinua en lui comme un narcotique, aspirant la force de son esprit, tout en nourrissant les désirs de son cœur… Sam possédait un magnétisme susceptible de modifier le cours de sa vie s'il perdait le contrôle de lui-même !

A cet instant, il agrippa plus fermement le volant, puis accéléra de façon brutale pour parcourir les ultimes mètres qui les séparaient encore du camp.

Elle serra les dents, subissant en silence les secousses.

6.

Confortablement installée sous sa tente, Sam se disait qu'après avoir été dans un premier temps déconcertée de découvrir qu'ils étaient les deux seuls occupants de ce camp si bien organisé, elle y trouvait certains bénéfices. La solitude apaisante qu'il lui offrait, après le bourdonnement digne d'une ruche du campement principal, était en effet une véritable bénédiction pour elle, qui cultivait l'intimité.

Ici, elle savait qu'il était peu probable qu'elle soit dérangée par un collègue en mal de compagnie. Au fond d'elle-même, elle était un peu déçue par les activités quotidiennes, au campement. Il était bien sûr idiot et presque puéril de sa part d'avoir imaginé qu'elle pourrait véritablement côtoyer le désert, vivre à la façon des nomades, d'autant qu'elle appréciait de jouir de tout le confort moderne au sein du campement.

Le prince l'avait quittée en lui enjoignant de se tenir prête aux premières lueurs de l'aube, le lendemain, pour qu'ils se rendent à l'endroit précis où elle prétendait que le cours de la rivière avait été modifié. Aussi aurait-elle dû aller se coucher, au lieu de rester assise en tailleur devant son ordinateur, dans la robe de coton léger qu'elle avait enfilée après sa douche.

Après avoir vérifié ses informations sur le cours initial de la rivière et répondu à ses e-mails, elle n'avait pas pu résister à la tentation de reprendre ses recherches sur la famille régnante du Dhurahn, mue par un réel élan de curiosité envers un homme qui se comportait à son endroit avec l'arrogance du prince qu'il était.

Soudain, elle retint son souffle. Elle venait de découvrir un nouveau site des plus intéressants… Elle ne s'était en effet pas encore rendu compte que le prince Vereham al-a'Karim ben Hakar avait un frère jumeau. Comment un si petit pays pouvait-il abriter deux hommes de cette trempe ?

Ce site-là fournissait plus de détails sur eux, ainsi que des informations sur leurs ascendants bédouins, tout comme sur leur grand-mère française et leur mère irlandaise.

Elle fronça légèrement les sourcils en lisant ce qui défilait sur l'écran. Comment un homme si attaché à son héritage arabe pouvait-il s'accommoder du mélange des cultures qu'il incarnait ? Elle se demanda alors si son métissage le conduisait à mépriser la diversité culturelle ou au contraire à l'embrasser, la question étant de savoir s'il était en paix ou en guerre avec son héritage. Quel genre de femme correspondait au fond à un homme aussi complexe ?

Tout à coup, elle pensa qu'il engendrerait de très beaux enfants…

Et à cet instant, elle ressentit une sorte de douce douleur dans la région du cœur, un besoin primitif et universel, celui pour une femme de porter l'enfant d'un homme. Pas de n'importe lequel, mais de l'homme élu.

Aussitôt, un sentiment de panique se saisit d'elle. Son ordinateur, tel le vaisseau magique d'une légende, avait libéré des génies sous la forme d'informations qui, mêlées à ses propres fantasmes, l'avaient entraînée sur un terrain dangereux…

La maternité était une expérience qu'elle souhaitait connaître quand elle aurait enfin rencontré l'homme avec qui elle espérait partager toute sa vie, mais jamais elle n'avait jusque-là ressenti un besoin impérieux de grossesse. Et voilà qu'elle était en train de fantasmer sur le fait de porter *ses* enfants, et qu'elle sentait son ventre se serrer de désir en imaginant un tel scénario !

Qu'est-ce que tout cela signifiait ?

Elle s'adossa aux coussins, éprouvant une sorte de vertige… En réalité, la seule raison susceptible d'expliquer son désir subit de porter l'enfant de cet homme, c'était qu'elle était tombée éperdument amoureuse de lui. A cette pensée, elle éprouva tout à coup de la difficulté à respirer… Non, ce n'était pas possible, ce ne *pouvait* être possible. Et pourtant…

C'était insensé. Il n'était pas imaginable de tomber amoureuse d'un homme au premier regard, au premier baiser, surtout quand la personne vous avait fait clairement comprendre qu'elle n'éprouvait pour vous qu'hostilité et mépris.

Insensé ou non, c'était en tout cas ce qui lui était arrivé, et elle devrait l'accepter pour trouver un moyen de s'en sortir. Plus facile à dire qu'à faire…

Elle soupira. Pourquoi fallait-il qu'une telle catastrophe lui arrive alors qu'elle était une femme raisonnable, à l'esprit pratique, qui ne croyait pas au coup de foudre ? Elle estimait au contraire que l'amour était un sentiment qui mûrissait alors que deux personnes apprenaient à se connaître. L'amour, c'était le respect de l'autre, le partage d'objectifs communs. C'était…

En vérité, elle ne connaissait rien du tout à l'amour jusque-là, conclut-elle tout à coup, et elle aurait sincèrement préféré ne pas l'avoir découvert.

*
* *

Il était plus de minuit et Vere leva les yeux des cartes qu'il était en train d'étudier, et que Drax lui avait envoyées en pièces jointes dans son dernier e-mail. La plus ancienne était l'originale, dessinée à la fin de la Première Guerre mondiale, lorsque l'Empire ottoman avait été morcelé. Cette carte avait été remise à son arrière-grand-père au moment même où il volait le cœur de la fille du diplomate britannique. Elle indiquait toutes les frontières entre les différents Etats arabes, y compris le leur. Elle montrait aussi le cours originel de la rivière Dhurahni. Il avait placé en regard une autre carte établie quelques mois plus tard seulement, présentant les mêmes frontières mais mettant en évidence une modification du cours de la rivière. En tout état de cause, sur les deux cartes, la rivière se situait à l'intérieur de leurs frontières.

Hélas, il savait que l'émir questionnerait toujours la modification, et voudrait savoir pourquoi elle n'avait pas été rendue publique, si elle était aussi innocente que l'affirmaient les souverains du Dhurahn.

La question relative au changement du cours de la rivière engendrait de sérieuses complications et donnerait davantage de poids aux exigences que l'émir choisirait d'émettre.

Il aurait bien sûr pu offrir à Sam une somme encore plus importante que celle de l'émir pour qu'elle « oublie » ce qu'elle avait découvert, mais Drax et lui en avaient longuement discuté et tous deux étaient contre. D'une part, parce que la modification n'avait aucune conséquence sur le tracé des frontières, et d'autre part parce qu'une telle démarche ne correspondait pas à leur éthique en matière de gouvernance.

Brusquement, il se leva et sortit de sa tente, pour aspirer

à longs traits l'air frais de la nuit, tout en marchant dans le sable. Soudain, il s'immobilisa : il venait d'apercevoir de la lumière dans la tente de Sam.

Qu'est-ce qu'elle pouvait bien faire, à cette heure-ci, au lieu de dormir ? Il l'avait pourtant prévenue qu'ils devaient se lever à l'aube. S'était-elle endormie en oubliant d'éteindre la lumière ? Pendant toute leur enfance, son père les avait mis en garde, Drax et lui, contre les dangers des lampes à huile laissées sans surveillance, dans les tentes. Aussi, sans réfléchir, se précipita-t-il vers la tente de Sam pour en soulever le volet de toile.

La jeune femme était rivée à l'écran de son ordinateur, lui tournant le dos.

Cette fois, elle ne remarqua pas sa présence. Elle fixait l'écran sans le voir, se débattant avec ses propres sentiments. Elle ne pouvait pas l'aimer, c'était…

Une ombre s'abattit soudain sur elle, et elle se retourna en sursautant. Quand elle vit le prince, elle se sentit pâlir et tâtonna pour attraper sa souris afin de fermer la page ouverte.

Mais il fut plus rapide qu'elle, et quelques secondes plus tard, ses doigts se refermaient sur son poignet. Elle constata qu'il avait retiré son chèche, et la vue de ses cheveux noirs et épais la troubla… Elle ressentit aussitôt l'envie absurde de glisser ses doigts dedans, puis de les promener dans son cou avant d'y tracer quelques baisers et de…

Elle s'arracha vivement à ses pensées, chassant les images sensuelles qui avaient envahi son esprit, et s'efforça de se concentrer sur l'expression pincée du prince, plutôt que de fantasmer sur la courbe sensuelle de sa bouche, tandis qu'il lisait les informations visibles sur l'écran.

Elle rougit en se rendant compte que son nom était surligné, ce qui était logique puisqu'il était l'objet de ses recherches.

— Pourquoi ? demanda-t-il, en désignant l'écran du menton.

— Je voulais… Je voulais en savoir plus sur vous… afin de comprendre votre comportement envers moi, répondit-elle avec courage. Je ne connaissais même pas votre nom complet.

— Et vous pensez l'avoir trouvé ? fit-il en regardant l'écran.

Sam se sentit soudain confuse.

— Que voulez-vous dire ?

— Ce qui apparaît en surligné sur votre écran, c'est mon nom officiel. Mes proches m'appellent Vere. C'est ma mère qui avait choisi…

Il s'interrompit brusquement.

Que lui prenait-il ? Pourquoi lui avait-il révélé son surnom tout en imaginant la façon dont sa belle bouche le prononcerait, tout en fantasmant sur sa saveur, sur les soupirs de plaisir qui en sortiraient quand…

— Vere…, reprit-elle alors.

Il entendit son souffle s'altérer quand il lui relâcha le poignet pour fermer la fenêtre avec une détermination telle qu'elle s'en trouva presque déséquilibrée.

Aussitôt il la retint et ses doigts fermes s'enfoncèrent dans sa chair. Elle se dit qu'il avait dû pousser un juron, mais son cœur battait si fort à ses tempes qu'elle n'entendait plus rien. Elle sentait la chaleur de ses mains sur ses bras, et la tension se faisait de plus en plus forte entre eux.

— Non…, protesta Sam d'une voix blanche.

Avec rudesse, Vere captura sa bouche entrouverte.

Ils s'embrassèrent avec fièvre, puis leurs corps s'épousèrent… Soudain, elle se rendit compte qu'elle avait dû ouvrir les boutons de sa gandoura, car elle pressait à présent ses paumes sur son torse. Son propre peignoir avait glissé sur ses épaules, révélant sa peau blanche et la courbe de ses seins, que Vere était en train d'explorer.

Son corps n'était plus qu'un tourbillon de désirs. Enfin, elle pouvait toucher cet homme dont elle avait tant rêvé ! Sa peau était chaude et lisse, et ses muscles, en dessous, durs et solides. Avec tendresse, elle embrassa le pouls qui battait à la naissance de son cou et fut soudain emportée par le souffle de la passion quand il répondit à son baiser en déposant sur sa nuque et son cou une pluie de baisers. Un long frisson la parcourut lorsque, de son pouce, il se mit à caresser la pointe gonflée de ses seins.

Leurs bouches toujours soudées, ils se déshabillèrent et ce fut complètement nus qu'ils basculèrent sur le lit, pris d'une insoutenable fébrilité…

La lampe baignait leurs corps d'une lumière tamisée, et Sam sentit son souffle se saccader en découvrant chaque ligne du corps de Vere. Sa chair avait la couleur de l'or chaud, tandis que sa poitrine était recouverte d'un léger duvet qui poursuivait son chemin jusqu'à son bas-ventre, attirant son regard sur son érection…

L'amour avait-il toujours cette force ? se demanda-t-elle, en proie au vertige. Est-ce que toutes les femmes amoureuses éprouvaient ce mélange de tendresse et d'admiration, le désir de voir, de toucher et de tester la virilité qui se présentait à elles ? Et nourrissaient-elles aussi le besoin de savoir qu'aucune autre femme ne partageait cette intimité ?

Son regard était exactement celui qu'un homme désirant une femme attendait de celle-ci, songea Vere, tout en s'efforçant de se dominer. Elle le dévisageait en effet comme s'il était le plus beau et plus rare trésor au monde.

Et soudain, il songea qu'elle n'était rien de plus qu'une excellente actrice. Mais son corps ne voulait rien entendre et, de toute façon, il était trop tard à présent pour faire machine arrière. Sa peau avait la couleur du lait, une blancheur soulignée par le rebord foncé du lit. Des boucles recouvraient en partie son dos, de la même couleur que le duvet qui abritait son sexe… Il posa la main sur son mont de Vénus et en sentit toute la chaleur quand elle se cambra légèrement contre sa paume. Les pointes de ses seins s'épanouissaient telles des roses sombres sur la pâleur de sa chair, et lorsqu'il les pinça doucement, elle émit un gémissement de plaisir, puis s'agrippa à ses épaules, désireuse de l'attirer vers elle.

Il sentit alors ses ongles s'enfoncer dans sa chair, comme des aiguillons, la légère douleur qu'ils provoquèrent chez lui renforçant l'intensité de son désir. Une sorte de digue se brisa soudain en lui, et la passion s'engouffra dans son être, balayant tout ce qui se trouvait sur son passage. C'était elle désormais qui guidait ses lèvres, ses mains, tout comme les mots qu'il lui murmurait à l'oreille.

Il sentait le musc et la sueur, le tout souligné par le sel que portait la nuit, et Sam savait que cette odeur resterait à jamais gravée dans sa mémoire, tout comme chaque souffle précieux du temps qu'ils partageaient.

Toutes les bonnes raisons qu'elle avait de ne pas lui céder l'avaient désertée et, à la lueur de la lampe, elle vit sur sa peau les légères traces de dents qu'elle y avait laissées. Cette vue la remplit d'une sorte de triomphe primaire, la fierté de savoir que sa chair portait son empreinte…

Tout comme la sienne recevait celle de Vere.

Penché sur elle, il titillait de la langue ses seins tendus par ses caresses. Soudain, il en prit un dans sa bouche, et un élan de plaisir violent la traversa…

Elle poussa un cri qui fit vibrer la tente. Chaque nouvelle caresse faisait naître en elle une sensation inconnue et étourdissante, rien ne l'ayant préparée à un tel déluge d'émotions. Elle aurait voulu s'attarder sur chacune et, en même temps, avait hâte de découvrir la suivante.

Vere sentait son cœur palpiter à un rythme fou et il se demandait pourquoi il réagissait comme un jeune garçon connaissant pour la première fois le plaisir dans les bras d'une femme. Il lui fallait redoubler d'efforts pour se dominer et ne pas la décevoir. Apprendre à être un bon amant avait été le b.a.-ba de son chemin vers la virilité, et il avait toujours fait en sorte de satisfaire ses partenaires avant de penser à son propre plaisir. En l'occurrence, son désir était si fort que rien ne se passait comme d'habitude.

Il désirait furieusement Sam, il avait l'impression d'être consumé par un feu inextinguible.

Quand il se mit à caresser son sexe, elle se mordit la lèvre et serra les poings, impatiente de le sentir en elle.

Aux replis mouillés de sa chair, il la sut prête et cela donna un ultime coup de fouet à son désir, repoussant toutes les barrières qui auraient encore pu se dresser entre eux. Il était désormais au pied du mur, face à face avec la vérité, cœur à cœur avec la femme qu'il avait conduite jusque-là, et il ne pouvait plus rebrousser chemin.

Alors, recouvrant son corps du sien, il se glissa en elle, et elle l'accueillit avec passion et tendresse. L'expérience fut insensée : il avait la sensation de rentrer au port, de retrouver un endroit qui était à lui et rien qu'à lui. Chaque caresse, chaque va-et-vient les menant à l'extase fut comme la rencontre parfaite des deux moitiés d'un tout. C'était son destin et il l'acceptait, reconnaissant.

Il lui donnait exactement ce qu'elle attendait, ce dont elle avait toujours rêvé. Elle frissonnait d'excitation chaque fois qu'il allait et venait en elle, tout était si parfait, si intense qu'elle en avait les larmes aux yeux ! Elle ressentait la moindre sensation de sa chair dans la sienne, la contraction de chaque muscle. C'était comme si c'était la première fois, comme si…

Soudain, elle se tendit, terrifiée…

— Attends ! lui cria-t-elle d'une voix haletante.

Mais, noyé dans son propre désir, il ne l'entendit pas, et elle fut pareillement impuissante à l'arrêter dans la course folle qui les emportait tous deux hors du temps. Alors, s'accrochant à lui, elle hurla de plaisir quand la force de la volupté la souleva… Des larmes de joie roulèrent sur ses joues lorsqu'elle l'entendit lui aussi crier dans l'abandon…

Ils étaient revenus des brumes du plaisir, mais Vere demeurait malgré tout près d'elle, la tenant contre lui. Sûrement parce qu'il était bien élevé et qu'il lui offrait une parodie de tendresse, pensa-t-elle après réflexion. C'était le désir physique qui l'avait poussé à lui faire l'amour, rien d'autre. Car comment aurait-il pu ressentir quoi que ce soit envers elle, étant donné ce qu'il lui avait dit juste avant et la façon dont il s'était comporté ?

Vere pensa qu'il devait s'en aller, tout comme il avait conscience qu'il n'aurait *jamais* dû venir la rejoindre sous sa tente.

Une part de lui-même ne savait-elle donc pas que tout cela se produirait, avant même qu'ils ne quittent le camp principal ? L'avait-il conduite ici à dessein ? Il la désirait, c'était indéniable, et s'il avait eu tort de venir au cœur du désert avec elle, il avait néanmoins l'impression d'avoir vécu un moment d'enchantement et de perfection. Pour la première fois depuis la mort de ses parents, il avait l'impression d'être en paix, et éprouvait une sensation de complétude.

Que lui arrivait-il ? Il n'était pas le genre d'homme à requérir l'aide d'une femme pour se sentir entier. Il était souverain d'un Etat vulnérable, et c'était par la force de son énergie qu'il maintenait en place le délicat équilibre de pouvoir qu'il partageait avec ses voisins.

Sans doute, pensa-t-il encore, mais cela ne l'empêchait pas d'être un homme, et tout ce qu'il désirait alors, c'était de demeurer auprès de cette femme… Une femme qui était pourtant en train de lui causer des ennuis et qui avait été soudoyée ! En toute conscience, il aurait dû la repousser et s'en aller, mais c'était au-dessus de ses forces. Le besoin d'être avec elle avait anéanti toute raison.

Enserrant le visage de Sam d'une main, il lui fit tourner la tête vers lui, et son cœur bondit sauvagement dans son torse quand elle pressa avec fièvre ses lèvres contre sa paume. Leurs ébats avaient libéré chez lui des émotions si longtemps réprimées, qu'il aurait été vain de vouloir nier. Quelque chose en elle l'attirait irrésistiblement, détruisant tout sur son passage.

Sam regardait Vere avec une profonde adoration. Il était si tendre avec elle, semblable en tout point à l'amant dont elle avait rêvé dès l'instant où ses yeux s'étaient posés sur lui. La première expérience physique qu'elle avait connue n'avait rien changé à ses attentes, à sa personnalité ; ce qu'elle venait de vivre dans les bras de Vere l'avait en revanche métamorphosée.

Elle comprit bien vite qu'il avait de nouveau envie de faire l'amour avec elle, mais cette fois, elle n'avait plus l'excuse de l'emportement : des questions pratiques devaient être réglées.

— Non, lui dit-elle avec douceur, quand il fit courir sa main sur son corps.

Aussitôt, il se figea et sa méfiance refit surface. Elle venait de le rejeter, et il sentait la peine qu'il avait tant redoutée s'agripper à son cœur…

— Non ? répéta-t-il d'un ton dur.

— Nous n'aurions même pas dû faire ce que nous avons fait, car nous n'avons pas pris de précautions.

Vere la regarda comme si elle s'exprimait dans une langue étrangère.

— Je ne prends pas la pilule, lui expliqua-t-elle tranquillement. Sans compter les autres risques que nous avons pris… En ce qui me concerne, mon dernier partenaire était aussi mon premier, et cela remonte à très longtemps, je suis donc sûre que je ne représente aucun risque pour ta santé…

Elle hésitait, butant sur les mots. Comme il était curieux de partager cette intimité verbale avec lui !

S'il fut satisfait de cet aveu, Vere fut également choqué qu'elle puisse mettre en question sa propre moralité sexuelle, et sa santé.

— Tu n'imagines quand même pas que je puisse te mettre en danger ? dit-il sur le ton du défi.

— Et pourquoi pas ? répliqua-t-elle sans se laisser démonter. Tu as une vie sexuelle active, non ?

Elle avait parlé d'un ton très assuré, mais elle était heureuse de n'avoir pas croisé son regard, car l'imaginer avec d'autres femmes lui était très douloureux.

— Qu'est-ce qui te fait dire cela ? demanda-t-il d'un ton péremptoire.

— Un homme comme toi a forcément de l'expérience en la matière, répondit Sam avant d'ajouter d'une voix enrouée : Par ailleurs, je ne peux imaginer qu'un homme puisse…

Comme elle s'interrompit, il insista :

— Qu'un homme puisse quoi ?

— Puisse faire aussi bien l'amour à une femme sans… sans une certaine pratique.

Elle sentit alors qu'il lui avait pris la main, pendant qu'ils discutaient, et qu'il la tenait fermement.

— Si l'expérience a été belle, c'est grâce à toi, pour ce que tu lui as apporté d'unique, répondit-il.

Vere hésitait à en dire plus. Il aurait aimé lui confier ce que ses paroles tendres et honnêtes signifiaient pour lui, et qu'il partageait ses sentiments, mais il avait passé trop de temps à dompter et à cacher ses émotions.

— Je t'assure que tu ne risques rien pour ce qui est de ta santé, reprit-il à la place, avant d'ajouter après une légère hésitation : En ce qui concerne le risque de grossesse…

A ces mots, elle sentit son cœur se serrer d'émotion… Un enfant avec lui ? Si seulement cela avait pu être le cas ! Elle songea alors que si elle n'avait pas déjà su ce qu'elle éprouvait pour lui, elle l'aurait aussitôt compris.

Ses propres pensées auraient dû la choquer, mais l'idée d'être enceinte de lui avait pris possession de sa raison. Une grossesse imprévue était pourtant la dernière chose dont elle avait besoin dans sa vie, mais porter l'enfant de cet homme, son fils… Avoir pour toujours auprès d'elle une part de lui-même…

Après un rapide calcul, elle tenta de recouvrer ses esprits.

— Je doute qu'il soit possible que je tombe enceinte, étant donné… le moment.

— Et si c'est le cas ? insista-t-il.

— Ce ne le sera pas, trancha-t-elle.

Brusquement, Vere la relâcha et se leva. La lumière éclaira de nouveau son corps, mais elle regretta cette fois le spectacle qu'il lui offrait, car elle aurait aimé qu'il reste auprès d'elle et continue à la serrer contre lui…

Elle voulait l'impossible, pensa-t-elle en le regardant rassembler ses vêtements.

Vere ne comprenait pas pourquoi le fait qu'elle ait affirmé qu'il était impossible qu'elle soit tombée enceinte l'ait rendu si amer, et lui ait fait si mal. Par ailleurs, à sa grande honte, il avait envie de lui faire de nouveau l'amour jusqu'à ce qu'elle hurle de plaisir. Et cette fois, il ferait en sorte que… Que quoi ? Qu'ils conçoivent un enfant et qu'elle le porte ? A cette idée, un élan de joie sauvage le saisit, en contradiction totale avec la logique qui habitait son esprit.

Il était le souverain de Dhurahn, que diable ! Il était impensable qu'il conçoive un enfant, son premier enfant, sur un coup de tête, en dehors des liens du mariage. Comment pourrait-il ensuite assumer la culpabilité qu'il ressentirait envers son peuple et cet enfant, surtout si c'était un fils, qu'il aurait privé de son droit d'aînesse ?

Il ne devait pas y avoir d'enfant, et par conséquent plus de sexe sans protection. Ce qui voulait dire plus de sexe du tout dans la mesure où il lui était impossible de se procurer des préservatifs car il ne pouvait se rendre incognito en ville.

A présent, il était ridicule, pensa-t-il en sortant de la tente sans ajouter un mot, sans se retourner, sous peine de s'élancer de nouveau vers elle et de ne pouvoir la quitter.

Il était parti, et Sam se retrouvait seule. Ses yeux la brûlaient, mais elle était bien résolue à ne pas verser de larmes. Tout cela, c'était sa faute. Elle avait eu tellement envie de découvrir quel amant il était, et ce dès qu'ils s'étaient touchés, à l'hôtel… Désormais elle savait que, quoi qu'il lui arrive, aucun homme ne pourrait l'emmener aussi haut que Vere. Ni ne pourrait la faire souffrir aussi affreusement…

7.

— Et comme tu peux le constater à partir de la dépression naturelle, il devait y avoir, à l'origine, un point d'eau plus profond dans le lit de la rivière. Selon moi, à un moment donné, l'eau a coulé par ici, par-dessus l'affleurement de la roche pour former une retenue naturelle, avant de poursuivre son cours.

Il se tenait au bord de la cuvette, à l'ombre des rochers qui les surplombaient. Sam savait que sa voix était un rien tendue tandis qu'elle lui expliquait pourquoi elle était si certaine que le cours de la rivière avait été dévié. Elle fixait le point d'eau, se gardant bien de tourner les yeux vers Vere. Comment aurait-elle pu avoir un comportement « normal » avec lui après ce qui s'était passé la veille au soir ? Elle avait à peine dormi, et avait été incapable d'avaler quoi que ce soit au petit déjeuner avant qu'il ne la conduise à la source. Elle était encore tellement sous l'emprise de ses propres émotions qu'elle devait fournir un gros effort de concentration pour s'exprimer devant lui. En réalité, tout son corps avait envie de se blottir contre lui…

S'efforçant de masquer son tremblement, elle se pencha pour ramasser quelques galets.

— Ces pierres ont été lissées par la rivière, poursuivit-elle. Il n'y a aucune autre explication. L'eau est forcément passée par ici un jour. On peut même suivre le lit de la rivière jusqu'à la zone marécageuse où elle rejoignait ce qui est maintenant le nouveau cours de la Dhurahni.

Il était manifeste qu'elle n'allait pas abandonner, ce qui signifiait qu'il devait trouver une solution pour neutraliser l'information qu'elle allait vendre à l'émir.

— Nous nous trouvons à environ trois cent cinquante kilomètres de la frontière avec le Khulua, et tu me parles d'un changement de direction de la rivière concernant une centaine de mètres à peine. Je ne saisis pas la pertinence de l'information, déclara-t-il.

Il avait parlé d'un ton sec, évitant lui aussi de croiser son regard. Il avait juste remarqué que la brise qui accompagnait toujours le lever du soleil avait ébouriffé sa chevelure et il avait alors ressenti le besoin irrationnel d'enfouir ses doigts dedans et de l'attirer à lui pour la faire sienne, de nouveau…

Alors qu'il aurait été bien plus logique de la mépriser !

Elle s'était donnée à lui complètement, tendrement, avec une telle confiance qu'elle l'avait atteint au plus profond de lui-même, comme si elle possédait le pouvoir de le guérir…

Et soudain, dans un sursaut de lucidité, il se dit qu'en réalité, la nuit précédente, elle s'était conduite comme la plus habile des traîtresses, et qu'il avait été bien fou de s'être laissé aller à des sentiments inexplicables. Il ne devait en aucun cas oublier sa position de souverain, ni la leçon que la mort de sa mère lui avait enseignée. Il n'y avait pas de place en lui pour l'homme qu'il s'était permis d'être la nuit passée : un être vulnérable, sous l'influence qu'une femme avait sur ses sens…

Sam n'arrivait toujours pas à regarder Vere, redoutant que si leurs regards se croisent, elle ne se mette à le supplier de la prendre dans ses bras, ce qui n'était pas possible, elle s'était déjà suffisamment humiliée ainsi !

Elle ne signifiait rien pour lui, il s'était servi d'elle, mais au fond elle n'avait à s'en prendre qu'à elle-même, pour l'aimer trop et l'avoir laissé prendre autant d'ascendant sur elle.

Elle devait revenir sur le terrain professionnel.

Prenant une profonde inspiration, elle déclara avec fermeté :

— Cela devait avoir une signification pour la personne qui en a modifié le cours et c'est cela qui me fascine. Pourquoi quelqu'un aurait-il pris la peine de détourner la rivière, étant donné l'immense travail que l'entreprise impliquait ? Il a fallu creuser un nouveau lit à travers la roche et cela a dû coûter une fortune. A quelle fin ? Je ne vois vraiment pas le bénéfice.

— Cela reste un mystère à ton esprit d'Occidentale, mais les Orientaux pensent différemment.

A ces mots, Sam se tourna vers lui et le regarda enfin.

— Donc il y avait une raison ?

Sa bouche était encore gonflée des baisers qu'il lui avait donnés durant la nuit, et le T-shirt en coton qu'elle portait ne cachait pas la pointe de ses seins. Son visage était d'une pâleur éloquente, trahissant la langueur de leur nuit. La souffrance qui le tourmentait se mua aussitôt en un tourbillon de torture. Il la désirait. Maintenant. Il voulait... Hélas, il savait qu'il n'était pas libre de ses sentiments !

— Oui, il y avait une raison, approuva-t-il, s'efforçant de chasser les images tentatrices. Mais cela n'avait rien à voir avec la volonté de protéger nos droits sur la rivière car jamais une telle démarche n'a été nécessaire. La rivière Dhurahni appartient au Dhurahn. C'est une réalité qui ne peut être ni changée ni remise en question.

— Alors pourquoi ?

L'insistance de Sam renforça les soupçons de Vere, et lui rappela la raison de leur présence ici.

Il était manifeste qu'elle cherchait à lui soutirer des informations qu'elle transmettrait à l'émir. Rien ne le contraignait à les lui donner, mais il n'avait aucune raison non plus de lui cacher la vérité.

Sam se disait que Vere n'allait pas lui répondre. Il fixait les rochers d'où l'eau coulait autrefois, le bassin ombragé et désormais vide…

— Une histoire s'est transmise dans notre famille, de génération en génération, commença-t-il tout à coup.

A ces mots, elle eut la sensation que l'air s'était tout à coup figé, et elle l'entendit continuer :

— Quand les frontières entre nos deux Etats ont été officiellement définies, mon arrière-grand-père a déclaré que la fille du diplomate britannique serait son épouse. On dit qu'après leur mariage, mon aïeul et sa femme passèrent leur première nuit dans le désert. Un camp fut dressé et les deux époux purent nager ensemble et seuls à l'endroit même où, comme tu le dis, se trouvait la source initiale de la rivière. Elle coulait sur les rochers derrière nous jusqu'à un point d'eau, ici…

Il fit une légère pause avant de poursuivre :

— On raconte aussi que le point d'eau était de toute beauté, bordé d'une grande variété de plantes et de fleurs, et surplombé par un bosquet d'oliviers. Les nouveaux mariés consommèrent leurs vœux dans la plus grande intimité, et c'est là que fut conçu leur premier fils.

Il reprit son souffle, et enchaîna :

— L'amour que mon aïeul portait à sa femme était tel qu'il ordonna ensuite que le cours de la rivière soit détourné afin qu'aucun autre homme ne puisse poser les yeux sur le point d'eau qui avait été témoin de leurs amours et de la beauté de sa femme. C'était leur lieu à eux, un lieu bien spécial, et il préféra le détruire plutôt qu'un autre puisse le regarder.

— Il devait vraiment l'aimer très fort et… et très passionnément, fut tout ce que Sam parvint à dire.

— Oui, approuva Vere.

Depuis l'ombre où il se tenait, il osa un regard dans sa direction. La nuit précédente, en se donnant à lui, elle lui avait pris une part de lui-même qu'il ne pourrait jamais plus retrouver, il ne devait pas se voiler la face. Elle était parvenue, sans qu'il sache comment, à briser les barrières derrière lesquelles il avait toujours contenu ses émotions. Pourtant, ce n'était pas quelqu'un avec qui il pouvait partager sa vie, ni s'engager, même s'il le désirait terriblement…

Elle travaillait pour l'émir ! Quels que soient les sentiments qu'elle lui inspirait, il devait rester fidèle à son peuple et aux intérêts de son pays. L'époque où un homme pouvait placer son amour au-dessus de tout, au point de détourner le cours d'une rivière, était terminée.

Son amour ?

Mais il n'aimait pas Sam, il ne le pouvait pas. C'était impensable, inimaginable…

Et pourtant, son cœur cognait comme un forcené dans sa poitrine, comme pour lui souligner qu'il se mentait à lui-même.

Après ce que Vere venait de lui raconter, Sam n'arrivait plus à regarder le point d'eau, ne voulant pas y voir danser les images que son récit avait fait surgir en elle : la jeune mariée, son corps pâle immergé dans l'eau transparente, son mari à la peau plus foncée, au corps durci par le désert et les luttes tribales, fou de passion pour elle…

Et pourtant, elle ne cessait de penser à son récit.

Elle ferma les yeux pour le conjurer, mais quand

elle les rouvrit, les protagonistes étaient toujours là, à hanter son imagination. Et maintenant, elle voyait leurs visages : ils avaient ses traits et ceux de Vere. Un long frisson la traversa…

Le soleil s'était levé, et sa lumière renforçait l'ombre qui dansait sur les cailloux dans la cuvette desséchée, qui ne laissait plus rien paraître du paradis qu'elle avait été.

Vere la fixa un instant, avant de détourner le regard.

Son arrière-grand-père avait aimé passionnément et intensément, et tout cet amour avait été dédié à une seule femme. La passion faisait partie du patrimoine génétique, dans sa famille, mais il voulait conjurer le destin.

Dans un gros effort pour retrouver le fil de ses pensées, Sam demanda :

— Si tu connaissais l'histoire de la rivière, pourquoi prétendais-tu que j'avais tort et que le cours n'avait pas été modifié ?

Sa voix paraissait tendue, même à ses propres oreilles. Elle pria pour que Vere ne devine pas à quel point il lui était difficile de se concentrer sur ses propos et la raison de leur présence au cœur du désert.

— Et pourquoi cela t'intéressait-il qu'il ait été détourné ? répliqua Vere sans répondre.

— Parce que je savais que j'avais raison, qu'il avait été modifié et qu'il devait y avoir une explication à ce mystère.

Décidément, l'émir avait dû lui octroyer une belle petite somme ! Elle avait le sens de la loyauté, c'était déjà ça ! Vere sentit monter en lui l'amertume de la colère…

— Et bien sûr, tu aurais préféré que cette raison soit d'ordre politique ? lança-t-il d'un ton blessant.

Elle le regarda, sans comprendre sa colère ni sa pique.

— Pourquoi dis-tu ça ?

— A ton avis ?

Il parlait par allusions à présent, et elle n'avait pas la moindre idée de ce qu'il voulait dire.

— Je n'avais aucune idée préconçue sur la raison qui aurait expliqué le détournement de la rivière, et c'est pour cela que je le trouvais très intrigant. La rivière ne se trouvant pas près d'une frontière, elle ne pouvait pas être contestée. Cependant, il y avait une raison, il y a toujours une raison…

Quel motif avait donc poussé Vere à ne pas lui révéler l'histoire liée à ce détournement ? se demanda-t-elle alors. Et pourquoi venait-il de la lui confier maintenant ? Son instinct lui dictait de se méfier.

Elle mentait, bien sûr, Vere en était persuadé. Il ne pouvait pas en aller autrement. La seule raison qui la poussait à s'intéresser au cours modifié de la rivière, c'était l'argent que lui avait donné l'émir pour qu'elle sème la zizanie.

Lui avait-on suggéré certaines façons de le manipuler ?

Avait-elle pensé qu'en se donnant à lui, elle lui extorquerait des informations qui serviraient la cause de l'émir ? Le simple fait d'avoir couché avec elle suffisait à le discréditer, et partant, à nuire à la réputation de son pays. Il avait été bien fou de céder au désir qu'elle lui inspirait.

Il devait réfléchir vite, son objectif actuel étant de protéger le Dhurahn contre les desseins machiavéliques de l'émir et de contrer l'effet que pouvait avoir sa relation avec cette espionne.

Et soudain, une idée lumineuse lui vint : s'il faisait de Sam sa maîtresse officielle, qui accorderait le moindre crédit aux dires de l'émir concernant les investigations de celle-ci ? Personne…

Il ignorait comment une telle idée lui était passée par la tête, car utiliser une personne à son insu pour servir ses propres intérêts était contraire à son éthique et ses principes. Cependant, en se rappelant qu'il agissait au nom du Dhurahn, il sentit s'évanouir ses scrupules.

Sam avait été consentante, alors quelle différence cela ferait-il pour elle si la nouvelle se répandait ? Et cette relation officielle serait bénéfique au Dhurahn, dans la mesure où les chefs d'Etat seraient informés que le « témoin expert » que l'émir pensait avoir à sa solde couchait en réalité avec Vere.

Prendre une maîtresse officielle s'inscrivait en faux contre tout ce à quoi il tenait, car il était un homme d'honneur, profondément secret, mais il savait que personne ne lui en tiendrait rigueur. Drax serait le premier à s'en amuser, et il se garderait bien de lui apprendre qu'il s'agissait d'un plan prémédité pour déjouer les projets de l'émir.

Quant à Sam, il s'assurerait qu'elle serait bien payée de retour. Si elle était assez immorale pour accepter d'être soudoyée par l'émir, comment pourrait-elle décliner son offre ? Un amant très fortuné prêt à la rétribuer pour qu'elle partage sa couche n'était sans doute pas une proposition qu'elle rejetterait. C'était d'ailleurs sans doute ce qu'elle attendait depuis le début.

Cependant, force était de reconnaître qu'au fond de lui-même il demeurait mal à l'aise avec son projet. Sam avait fait preuve d'une telle confiance, d'une telle innocence, la nuit précédente, elle s'était donnée à lui avec tant de passion ! A moins qu'il ne se fasse des illusions...

— Il est temps que nous rentrions au campement principal ! décréta-t-il tout à coup, coupant court à ses pensées.

Elle hocha la tête, mais quand elle pivota sur ses talons pour regagner le 4x4, elle glissa sur les galets et perdit l'équilibre. Aussitôt il se précipita vers elle pour l'aider à se relever, et la proximité de son visage, de sa bouche, la sensation de ses bras sur les siens, firent renaître en elle les sensations brûlantes de leur nuit. Des images de leurs corps enlacés et nus dans l'onde fraîche et profonde envahirent immédiatement son esprit…

— Non…

Mais il était trop tard. Comme s'il avait partagé sa vision, il l'embrassa à pleine bouche, donnant l'impression de ne pouvoir se rassasier d'elle. Elle lui rendit son baiser avec la même ferveur.

Puis il l'aida à se redresser et, lui tenant le bras, la conduisit vers le 4x4.

Aucun d'eux ne parla durant le retour jusqu'au petit camp, et c'était d'ailleurs inutile. Chacun savait ce que l'autre attendait…

Dans la fraîcheur de la tente, il la déshabilla, les mains visiblement tremblantes, tout comme elle l'était quand elle se mit à le caresser.

Son corps, connaissant les délices qui l'attendaient, palpitait d'impatience. Elle retira les ultimes barrières de tissu qui le séparaient de lui, incapable d'attendre plus longtemps, se laissant tomber sur la couche, l'entraînant sur elle.

A l'extérieur, le soleil brûlait la terre dans un baiser presque trop dur à supporter pour celle-ci. A l'intérieur, Sam était lovée dans les bras de Vere, et avait presque l'impression que ce qu'il lui inspirait était trop lourd à supporter pour ses sens. Des larmes de bonheur coulèrent de ses yeux, et elle cria le nom de Vere quand il l'emporta sur les rives de l'extase…

— Il ne faut pas, murmura-t-elle. Nous n'avons pas de…

— Fais-moi confiance, il n'y a aucun risque, lui assura-t-il d'une voix sereine.

Il se contenterait de lui donner du plaisir, tirant le sien de celui qu'il lui procurait. Il embrassa ses seins, son ventre, puis descendit peu à peu vers ses cuisses, tout en traçant de la langue des cercles sur sa peau.

Quand il atteignit les plis gonflés de sa chair, il la caressa longuement, la savourant comme un fruit mûr… Elle le rendait fou, se dit-il, il n'aurait jamais cru nourrir un tel désir pour une femme…

Ce fut alors que Sam se mit à hurler son prénom en se cambrant pour l'inviter à la pénétrer. Alors il s'enfouit en elle, et commença à bouger de plus en plus vite, se laissant aller sur la vague de plaisir qui les amena tous deux très loin dans la jouissance, jusqu'à ce qu'ils ne forment plus qu'un, oublieux des risques qu'ils prenaient.

Sam s'éveilla en douceur du profond sommeil dans lequel elle était plongée, bien en sécurité dans les bras de Vere. Elle se sentait extrêmement détendue et en même temps, elle portait encore en elle les échos des plaisirs qu'il lui avait procurés. Elle ne s'était jamais sentie aussi heureuse, ni aussi vulnérable. Elle se rendait compte qu'un simple sourire de sa part pouvait illuminer sa vie, tout comme son absence était susceptible de l'assombrir.

Vere !

Il était assis sur le rebord du lit, complètement habillé, maintenant, mais la tête encore nue. Il venait de prendre sa douche, comme la fragrance fraîche qui émanait de sa personne le laissait deviner, alors qu'elle portait encore l'odeur de leur intimité.

— Nous ne pouvons pas continuer ainsi, déclara-t-il soudain. Ce comportement clandestin n'est pas approprié au souverain du Dhurahn. Il faut agir autrement.

Ces paroles dures plongèrent Sam dans le désespoir

le plus total : il était manifeste qu'il allait la renvoyer, mettant ainsi fin à sa mission !

Elle voulut protester, mais qu'aurait-elle pu dire ? L'alchimie qui existait entre eux deux avait été bien trop forte pour qu'ils puissent y résister.

— Je refuse de devoir regagner tes quartiers à la nuit tombée, dans le plus grand secret, pour devoir les quitter avant le lever du jour, comme un voleur. A la place, je te propose de devenir ma maîtresse officielle. Ainsi, tu retourneras au Dhurahn avec moi et tu auras tes propres appartements au palais royal. Ton statut sera reconnu et respecté. Aux yeux de mon peuple, c'est un grand honneur pour une femme d'être choisie comme maîtresse du souverain. Tu partageras ma vie et mon lit aussi longtemps que nous le souhaiterons, et personne n'osera poser la moindre question sur notre relation.

— Tu veux que je sois ta maîtresse ? fit Sam dans un souffle.

Elle avait du mal à croire ce qu'elle venait d'entendre, et ces propos la peinaient énormément.

Sa maîtresse… Comme cela sonnait froid et distant ! Une union fondée uniquement sur le sexe, sans amour, sans lien émotionnel à partager. Car il ne l'avait pas du tout rassurée : elle concevait qu'en raison de sa position il ne puisse sans doute pas l'épouser, mais en revanche rien ne l'empêchait de lui exprimer ses sentiments…

Devant son silence, il poursuivit :

— Cela me semble la solution logique à une situation qui sera bientôt intenable pour nous deux.

Elle aurait dû lui tourner le dos et s'en aller, ou plus exactement le fuir à toutes jambes, ne serait-ce que pour sauver sa fierté. Mais comment se sentirait-elle, une fois passé ce geste impulsif ? Qu'éprouverait-elle quand elle se retrouverait seule en Angleterre, sachant qu'elle aurait pu rester auprès de lui ? Elle ignorait si sa fierté suffirait à lui faire tenir le coup lorsqu'elle resterait éveillée la nuit, en mal de lui.

Elle fut choquée de sa propre réaction, elle qui avait toujours cru que c'était dans le cadre d'une relation de confiance, où chacun s'engageait sérieusement, qu'elle pourrait connaître la plénitude sexuelle, et que sans ces garanties une relation ne valait pas la peine d'être vécue. Et dire qu'elle avait toujours été persuadée qu'elle ne pourrait pas rester avec un partenaire qui ne l'aimerait pas de retour !

Vere ne lui offrait rien de tout cela. Elle sentait même qu'il réprouvait le désir qu'il nourrissait pour elle et qu'il l'en blâmait en partie. Elle soupçonnait que, lorsqu'il ne la côtoyait pas de façon intime, il était très hostile à cette pensée.

Forte de toutes ces réflexions, elle aurait vraiment dû partir dans la direction opposée. Elle était en droit de refuser sa demande, de marteler avec véhémence qu'elle ne souhaitait pas devenir sa maîtresse, car ce seul statut trahissait une inégalité entre eux.

Cependant, il était sans doute compréhensible qu'il contienne ses émotions envers elle, chercha-t-elle à se raisonner. Un homme de son rang se devait d'être méfiant et prudent, dans la mesure où les femmes se jetaient probablement par dizaines à ses pieds. D'ailleurs dans un premier temps, il l'avait assimilée à ces groupies, et avait décrété ne pas vouloir avoir affaire à elle, jusqu'à ce qu'il vienne la rejoindre sous sa tente pour lui faire l'amour. Alors elle n'avait pas pu lui résister puisqu'il lui avait donné ce qu'elle n'avait même pas imaginé dans ses rêves les plus fous…

D'instinct, elle savait qu'aucun autre homme ne serait capable de l'emmener aussi haut, de lui donner tant de plaisir. Quoi qu'elle fasse à présent, rien n'égalerait la sensualité qu'elle avait connue dans les bras de Vere. Son corps aurait à jamais le désir du sien. Pourquoi ne pas s'accorder le plaisir qu'il lui concéderait, consciente qu'un jour tout cela finirait ?

Après tout, elle pouvait s'en accommoder. Enfin, probablement... Etait-elle certaine qu'elle aurait la capacité de vivre cette relation sans se détruire elle-même ?

D'un autre côté, elle ne pouvait laisser passer la moindre chance, à savoir que Vere, avec le temps, finisse par l'aimer... Bien sûr, cette chance était des plus minces, mais elle existait bel et bien et c'était ce qui lui permettrait de tenir. L'amour qu'elle ressentait pour lui ne valait-il pas la peine qu'elle prenne ce risque ?

Elle prit une profonde inspiration, puis expira longuement pour contrôler ses nerfs.

— Certains penseront que c'est faire offense à une femme que de lui proposer un tel rôle, commença-t-elle.

— Au contraire, les gens estimeront que ce rôle officiel est la marque du respect que je te porte. Il serait bien plus insultant que je ne te voie qu'en secret, comme si j'avais honte de toi. En tant que maîtresse du souverain du Dhurahn, tu auras un statut et une position. Sans compter que financièrement...

— Non ! le coupa Sam avec rudesse. Je ne veux pas d'argent de ta part. Si j'accepte c'est parce que je te veux toi, pas ton argent.

— Dans ces conditions, pourquoi hésites-tu ? Le fait que tu me désires, cela, je le sais déjà.

Elle ouvrit la bouche, puis la referma. Il avait décidément le don de lui clouer le bec.

Secouant la tête, elle finit par admettre :

— Puisque tu le prends ainsi, je ne peux pas refuser, n'est-ce pas ?

— Non, répondit-il avec douceur. Tu ne peux pas, et je ne l'aurais d'ailleurs pas permis.

8.

Ce n'étaient pas simplement les vibrations de l'hélicoptère que Vere avait commandé pour les transporter jusqu'au Dhurahn qui lui causaient cette sensation de vertige, pensa Sam. Depuis qu'elle lui avait donné son accord, le cours des événements s'était enchaîné à une telle vitesse qu'elle avait à peine eu le temps de reprendre son souffle.

Quand elle avait objecté qu'elle avait besoin de temps pour expliquer la situation à ses collègues, Vere lui avait rétorqué avec arrogance qu'aucune justification n'était requise et que le seul fait qu'elle soit avec lui suffirait. Et bien sûr, il avait raison.

Anne, qui était venue la voir sous sa tente pendant qu'elle préparait ses bagages, avait d'abord secoué la tête, puis avait pris ses mains dans les siennes pour lui dire, sur un ton presque maternel :

— Oh ! ma chérie, es-tu sûre de ce que tu fais ?

— Tu me demandes si je fais ce qu'il faut ? Alors la réponse est non, avait-elle admis, en étouffant un petit rire. Mais je suis sûre que si je ne pars pas avec lui, je le regretterai.

— Tu es amoureuse, avait alors deviné Anne. Evidemment, je te comprends. Seulement, ces hommes sont des despotes, tu sais, et leur mode de vie…

— Je sais que cela ne durera pas pour toujours, lui avait-elle répondu avec courage.

Anne avait alors tapoté sa main, et déclaré :

— J'espère en tout cas qu'il ne te brisera pas le cœur.

Aurait-elle le cœur brisé, à la fin ? se demanda Sam tandis qu'ils survolaient la zone fertile du pays, irriguée par la rivière Dhurahni. Ou bien le miracle qu'elle espérait se produirait-il, et Vere finirait-il par tomber amoureux d'elle ?

Au-dessous d'elle, elle apercevait des cultures, des oliveraies, ainsi qu'une large artère qui se déroulait comme un ruban bien lisse.

— Nos agriculteurs font pousser les récoltes qui nourrissent les touristes visitant le Zuran, déclara Vere, tout contre elle.

Elle avait déjà remarqué le respect que lui portaient les hommes qui les avaient accompagnés de la tente à l'hélicoptère. Elle ne parvenait toutefois pas encore à apprécier la mesure des changements. Tout ce qu'elle voulait, c'était Vere en tant qu'homme, qu'amant, mais il était bien plus que cela : c'était un dirigeant puissant. Comment allait-elle pouvoir s'adapter à son environnement ?

Ils approchaient à présent de ce qui devait être l'aéroport du Dhurahn. Elle regarda Vere d'un air incertain, se sentant soudain bien vulnérable et anxieuse.

— Est-ce que tu es certain que c'est une bonne idée ? demanda-t-elle. Je veux dire… Tu es un chef d'Etat… Et ton frère, que va-t-il…

— Drax approuvera.

Elle vit l'expression de Vere s'adoucir et s'illuminer à la mention de son jumeau, et elle ressentit soudain un pincement de jalousie. Vere aimait son frère, et elle aurait tout donné pour qu'il l'aime elle aussi. Elle connaissait si peu sa vie, mais elle ne se sentait pas capable de l'interroger. Cela n'était-il pas la preuve même du déséquilibre qui existait dans leur relation ?

L'hélicoptère venait de se poser, et Vere lui toucha le bras, pour lui indiquer qu'elle devait le suivre.

Quand ils se retrouvèrent sur le tarmac, un véhicule les attendait. Le chauffeur en descendit, s'inclina devant Vere puis leur ouvrit les portes.

Elle ne savait pas à quoi elle s'attendait au juste, peut-être pas à une demi-armée en guise de comité d'accueil, mais en tout cas à davantage de formalités.

Elle fut encore plus surprise de voir qu'au lieu de quitter le tarmac, ils se dirigèrent vers un avion qui les attendait. Elle lança un regard interrogateur à Vere.

— Nous nous rendons au Zuran, se contenta-t-il de dire alors qu'ils descendaient du véhicule.

Puis il s'arrêta pour échanger quelques mots avec le pilote, tandis que les membres de la suite escortaient Sam à bord de l'avion.

C'était la première fois qu'elle voyagerait dans un jet privé.

— Le voyage durera une heure, l'informa le steward après lui avoir offert un verre de champagne qu'elle refusa.

Elle se sentait suffisamment étourdie sans boire de l'alcool !

Elle inspecta le luxe intérieur de l'avion, ses yeux s'écarquillant devant son faste, sa moquette beige et épaisse et ses murs gris-bleu. A la place de rangées de sièges se trouvaient des fauteuils en cuir et un bureau.

— Si vous souhaitez vous reposer, il y a une chambre ici, continua le steward, en ouvrant une porte.

Elle regarda à l'intérieur, hésitante. La chambre était des plus somptueuses, et comportait même une salle de bains. Elle dut alors fournir un gros effort pour ne pas montrer son désarroi face à une telle débauche de luxe. Vere pensait-il qu'ils allaient consommer leur nouvelle relation ici ? A cette idée, elle se sentit rougir et son cœur se mit à battre plus fort.

— Souhaitez-vous une autre boisson que du champagne ? suggéra alors le steward.

— De l'eau, s'il vous plaît, juste de l'eau, répondit-elle.

Soudain elle se tendit, car Vere venait d'entrer dans la cabine. Au moment où le steward disparaissait pour aller lui chercher son verre d'eau, elle laissa libre cours à sa colère :

— Vere, je ne crois pas que je vais pouvoir faire ça. C'était différent dans le désert. Je ne suis pas…

Elle désigna du doigt la cabine.

— Ce genre de chose… Je ne pense pas que… Bref, je ne connais rien au protocole royal et même si c'était le cas, ce n'est pas la façon dont je veux vivre.

— Tu t'y habitueras, trancha-t-il sèchement.

Il ne pouvait accepter qu'elle ait des regrets maintenant et qu'elle gâche ses plans, d'autant qu'il se réjouissait à l'idée de goûter au suave plaisir de la tenir dans ses bras, cette nuit, sachant que désormais elle était sienne… Cette pensée pourtant le contraria, car ce n'était pas la raison de toute cette entreprise.

— Le Dhurahn n'est pas le Zuran, poursuivit-il. Nous, nous vivons de façon plutôt simple. Et maintenant assieds-toi et mets-toi à l'aise. Nous allons bientôt décoller.

Comprenant qu'il était vain de déclencher un esclandre, elle se glissa dans un fauteuil en cuir et prit le verre d'eau que lui apportait le steward.

Ils décollèrent en douceur et, dès qu'ils eurent terminé le repas que leur avait servi le steward, on annonça la descente vers le Zuran.

Ici, quand ils quittèrent le tarmac, ils furent accueillis

par une armée d'officiels aux airs extrêmement importants, puis montèrent dans la limousine qui les attendait ; elle était dotée de vitres fumées et précédée d'une moto en guise d'escorte, le drapeau zurani flottant sur le capot.

Sam ne l'avait pas interrogé sur la raison de ce déplacement au Zuran, pensant qu'il s'agissait d'une visite d'Etat, aussi fut-elle étonnée de se retrouver devant l'entrée de ce qu'elle savait être le centre commercial le plus chic et sélect du Zuran.

Des hommes en livrée leur ouvrirent les portes, et quand ils pénétrèrent dans la galerie climatisée et tout en marbre, Sam constata qu'elle était complètement vide.

Stupéfaite, elle se tourna vers Vere.

— Tu es ma maîtresse officielle, maintenant, lui dit-il. Et tu dois porter des vêtements dignes de ce titre. Le souverain du Zuran m'a gentiment ouvert les portes de cet endroit de sorte que tu puisses te procurer tout ce qui t'est nécessaire.

— Tu veux dire que tu m'as conduite ici juste pour que je m'achète des vêtements ? demanda-t-elle furieuse, trop choquée pour masquer ses sentiments.

Vere fronça les sourcils. Pourquoi semblait-elle plus mécontente que satisfaite ? Il avait toujours cru que les femmes adoraient renouveler leur garde-robe avec les dernières créations des couturiers, et le manque d'enthousiasme de Sam l'irrita quelque peu.

— Tu n'as tout de même pas cru que tes vêtements conviendraient à ton nouveau rôle ! Les gens attendent que tu sois habillée comme il convient à ta position.

Elle voulut lui dire que l'idée qu'il l'habille lui était insupportable et qu'elle la trouvait humiliante, car la démarche la réduisait à un objet, une maîtresse qu'il traitait selon son bon vouloir. Mais à cet instant, une jeune femme à la beauté remarquable s'approcha d'eux, rendant toute conversation privée impossible.

— Votre Altesse, dit-elle en saluant Vere avec respect avant de se tourner vers Sam pour ajouter : Je suis votre styliste personnelle, madame. Si vous voulez bien me suivre, nous allons nous rendre dans une cabine privée dans laquelle vous pourrez vous reposer tandis que nous vous apportons une sélection de tenues.

L'épreuve était enfin terminée.

Sam refusait de regarder Vere tandis que l'équipe de vendeuses enveloppait ses vêtements dans du papier de soie. Elle avait les yeux secs, mais ils brûlaient des larmes de honte qu'elle refusait de verser.

Les vêtements que Vere lui avait achetés étaient indéniablement magnifiques : des tailleurs Chanel, des chaussures Jimmy Choo, des robes du soir Vera Wang, et bien d'autres choses encore, toutes portant la griffe de grands créateurs, et toutes ayant été approuvées par un hochement de tête de la part de Vere, après qu'elle avait paradé dedans devant lui.

A chaque nouvel acquiescement de sa part, elle avait senti l'indignation laisser place à la tristesse, jusqu'à ce que celle-ci soit remplacée par le sentiment qu'elle éprouvait à présent, à savoir la certitude inébranlable qu'elle ne pouvait pas continuer cette mascarade.

Vere sourcilla devant la réaction de Sam face à la pile de sacs et de boîtes qui s'accumulaient. Plus celle-ci grandissait, plus elle semblait se retirer en elle-même, à tel point que sans s'en rendre compte, elle avait reculé de quelques pas. Son expression habituelle, vive et chaleureuse, avait été remplacée par un regard fixe, qui évitait le sien.

C'était certes la première fois qu'il offrait toute une garde-robe à une femme, mais sans avoir d'expérience en la matière, il savait pertinemment que la réaction de Sam n'était pas celle à laquelle on aurait pu s'attendre.

Une demi-douzaine d'hommes en livrée qui n'auraient pas détonné dans une adaptation hollywoodienne des *Mille et Une Nuits* avaient été engagés pour porter ses emplettes. Et il faudrait tout un parc de limousines pour les acheminer jusqu'à l'aéroport, pensa Sam, s'efforçant de sourire aux vendeuses qui s'étaient occupées d'elle. Après tout, ce n'était pas leur faute si elle était dans cet état d'esprit, mais la sienne.

Elle avait été si naïve, elle n'avait jamais envisagé un tel scénario quand elle avait laissé son cœur dicter sa loi à sa raison, et accepté cette relation. Elle commençait à présent à se rendre compte qu'elle ne serait pas capable de la supporter. Elle ne voulait pas être la maîtresse officielle de Vere, avec tout ce que cela impliquait, elle aurait juste souhaité être son amante... Enfin, en réalité, elle désirait être son amour et qu'il soit le sien. Mais elle savait bien que c'était impossible. Elle s'était crue en mesure d'accepter les limites de ce qu'il lui offrait et de s'en accommoder. Etait-il possible qu'elle ait présumé de ses forces ?

Les larmes lui piquaient les yeux derrière ses lunettes de soleil, et elle éprouva tout à coup un immense sentiment de solitude. Elle hésita un instant, taraudée par le désir de fuir. A cet instant, comme devinant ses pensées, Vere lui prit la main et la conduisit vers la voiture.

Ils s'y engouffrèrent dans le plus grand silence, et la première chose que fit Vere, une fois à l'intérieur, consista à fermer la paroi qui les séparait du chauffeur afin qu'ils puissent parler sans être entendus.

— Je ne peux pas faire ça ! s'écria-t-elle aussitôt.

Il serra les lèvres.

— Tu as accepté, c'est trop tard.

— Oui, mais je pensais alors que…

— Que quoi ? Rien n'a changé.

— Bien sûr que si ! As-tu la moindre idée de l'humiliation que tu m'as fait subir en me faisant parader devant toi dans ces vêtements, sachant que c'était toi qui allais régler l'addition, sachant que parce que je suis ta maîtresse tout le monde pense que tu me paies pour coucher avec toi ?

— C'est effectivement souvent ce que l'on suppose, quand un homme prend une maîtresse. C'est le rôle que je t'ai proposé, et tu l'as accepté.

— Tout dépend de la façon dont on définit le mot « maîtresse ». Je pensais par là que tu voulais que nous soyons amants. Tout était si différent dans le désert. Nous étions deux personnes qui se désiraient. J'aime le désert et sa pureté. Il nous ramène à nous-mêmes…

Elle s'interrompit et hocha la tête.

— Tout semblait si parfait, là-bas, poursuivit-elle. Il n'y avait que nous et le désert… Ici, tout est dévoyé. Je ne veux pas être habillée comme… comme un coûteux trophée !

Il comprit qu'elle était sincère et qu'elle souffrait réellement de la situation. Dans le désert, la folie consumériste, le rang social n'existaient pas : l'homme était réduit à ce qu'il était, son sang, ses os, sa chair…

Dans les paroles de Sam, il entendit l'écho de ses propres émotions et cela toucha une corde sensible chez lui. Le mur qu'il avait érigé autour de ses propres émotions s'en trouva ébranlé ; ce qui, du même coup, aiguisa sa colère contre la femme qui avait provoqué cette réaction. Il se sentit soudain menacé.

— Tu ne peux plus changer d'avis, c'est trop tard, asséna-t-il.

Il savait que la nouvelle de leur séance de shopping au Zuran viendrait aux oreilles de l'émir et que cela donnerait de la substance au rôle de Sam, en tant que maîtresse officielle.

Ignorant les magazines de mode placés dans le jet pendant qu'ils étaient au centre commercial, elle prit à la place le livre qu'elle avait acheté et se mit à lire.

Elle ne savait pas où on avait mis toutes les boîtes de vêtements et elle s'en moquait, toute à son désespoir.

Quand Vere lui avait proposé de devenir sa maîtresse officielle, elle s'était imaginé de longues heures de volupté entre ses bras — or il ne lui avait pas même donné un petit baiser. D'ailleurs, n'y avait-il pas une chambre, dans le jet ? S'il l'avait vraiment voulu, il aurait trouvé le moyen de l'y entraîner et au moins de l'embrasser. Il devait bien se rendre compte que la situation était des plus étranges pour elle !

Le téléphone de Vere sonna, affichant le numéro de Drax. Il se leva et s'éclipsa dans la chambre.

— Drax ! s'exclama-t-il avec chaleur.

— Je m'apprête à partir pour la conférence commerciale de l'alliance des nations arabes, mais je tenais à te faire part des rapports que nous avions reçus de nos agents sur *ta* Samantha McLellan, lui annonça son frère.

Vere faillit relever l'usage du pronom possessif, mais il s'aperçut soudain qu'il n'en avait plus le droit. C'est alors que Drax enchaîna :

— En réalité, nous avons fait chou blanc. Je ne sais pas qui travaille à la solde de l'émir, mais ce n'est en aucun cas Mlle McLellan. Nos agents ont passé sa vie et ses comptes au crible, et rien ne la relie à l'émir en une quelconque façon. Ils ont toutefois découvert que son ordinateur avait été piraté tandis qu'elle travaillait sur le site, et ils ont l'impression qu'un tiers est particulièrement intéressé par son travail.

Sam n'était pas l'espionne de l'émir…

Il accusa le choc, et une vague d'émotions le submergea : il n'avait donc plus à se protéger de l'effet qu'elle produisait sur ses sens…

Il s'efforça de reprendre le contrôle de lui-même pour se concentrer sur les questions concrètes.

— Comme elle a formulé en public des questions sur le détournement du cours de la rivière, parvint-il à dire, il est possible que l'agent de l'émir en ait entendu parler et ait pensé qu'elle détenait des informations stockées dans son ordinateur.

— Dans ces conditions, il faut mener des enquêtes sur ses collègues, suggéra Drax.

— Tu as raison, approuva-t-il. Quand comptes-tu rentrer au Dhurahn ?

— Je ne sais pas encore. Sadie étant déjà rentrée, je n'ai pas l'intention de trop tarder. Elle accouche dans quelques semaines, ce n'est pas pour demain, bien sûr, mais elle doit absolument se reposer.

— Drax ?

— Oui ?

— Je suis dans l'avion qui me ramène au Dhurahn, en compagnie de Samantha McLellan. C'est une longue histoire, mais…

— Ah, inutile de m'en dire plus ! le coupa Drax en riant. Je suis moi aussi passé par là, tu te souviens ? Je peux deviner à ta voix ce qui s'est passé. Si tu as des difficultés à la persuader d'accepter ta proposition de mariage, alors…

Il n'en entendit pas davantage, la connexion ayant été coupée. Il ne chercha pas à rappeler son frère, car qu'aurait-il bien pu lui dire ? Drax s'était visiblement fait une fausse idée de la situation. Comme toutes les personnes amoureuses, il croyait que tout le monde devait partager son exaltation. En outre, pour la première fois de sa vie, il avait mieux à faire que de se tracasser à propos de ce que son frère pouvait bien penser…

Sam était complètement innocente, ce n'était pas du tout une intrigante.

Les agents auxquels ils faisaient appel étaient bien trop compétents pour avoir commis une erreur, et il n'imagina pas un instant remettre leurs rapports en cause. En résumé, il n'avait plus besoin d'elle comme maîtresse : il n'y avait aucune raison qu'il l'établisse dans ce rôle dans la mesure où elle ne travaillait pas à la solde de l'émir…

Un mélange d'émotions contradictoires l'assaillit alors : de la peur, de la colère, de l'hostilité, toutes liées au passé et à la perte de sa mère, mais aussi de la joie, de la tendresse et de la culpabilité pour l'avoir mal jugée.

Par habitude, il préféra s'attarder sur les émotions sombres, celles qu'il connaissait et avec lesquelles il se sentait finalement en sécurité. Elles ne l'obligeaient pas à se remettre en cause, mais requéraient juste qu'il congédie Sam.

Il serait facile pour lui de lui dire qu'il avait changé d'avis et de faire en sorte qu'elle réintègre l'équipe de chercheurs. Après tout, il n'y avait aucune raison pour qu'elle reste auprès de lui, maintenant…

Et pourtant, son cœur refusait de la laisser partir, et se serrait d'avance à l'idée qu'elle ne fasse plus partie de sa vie. Il cognait à grands coups dans son torse à la pensée de la perdre ; une bataille sévère se jouait en lui, entre le besoin de se protéger et le désir qu'elle lui inspirait.

Il ne pouvait pas décemment la renvoyer sur le site,

se raisonna-t-il. Elle avait été remplacée et son poste de cartographe était déjà occupé, et puis comment imaginer qu'elle retourne là-bas après ce qui s'était passé entre eux ? Elle serait assaillie de questions et ferait l'objet de mille commérages. N'était-il pas de son devoir de la protéger ?

Si seulement il ne s'était pas trompé sur elle dès le départ ! Toutefois, étant donné les circonstances, comment aurait-il pu ne pas la soupçonner ? Et ne pas lui faire l'amour…

Il n'était pas fier de lui, mais c'était à présent pour le salut de Sam qu'il devait la garder auprès de lui, au Dhurahn, tout en trouvant le moyen de réparer les dégâts qu'il avait causés à sa carrière. Il y mettait désormais un point d'honneur.

Mais était-ce l'unique raison ? Ses motifs étaient-ils purement altruistes, ou n'obéissait-il en réalité qu'à ses propres désirs ?

Il décida qu'elle occuperait des appartements privés, au palais, où il ne pénétrerait pas. Il ferait en sorte que sa présence au Dhurahn passe pour une visite professionnelle au titre de cartographe qualifiée. L'embouchure de la Dhurahni à l'endroit où elle se jetait dans la mer n'avait jamais été tracée de manière précise ; or, le limon en avait dévié le cours, à cet endroit. Etablir le tracé de la côte serait un projet très utile et nul doute que cela redresserait le tort qu'il lui avait causé.

Le problème, c'était qu'il avait déjà rendu public le fait qu'elle était sa maîtresse…

Au fond, elle pouvait tout à fait être sa maîtresse et travailler sur un projet pour le Dhurahn. De la sorte, il ferait amende honorable tout en la gardant près de lui. Et ainsi…

Ainsi, quoi ?

De son côté, ne lui avait-elle pas dit qu'elle avait changé d'avis et qu'elle ne voulait plus de cette situation ? S'il avait la moindre once de bon sens, il l'aurait laissée repartir.

Il se rappela toutefois qu'elle avait changé d'avis concernant l'image extérieure que renvoyait leur couple, pas sur leur intimité. Elle lui avait d'ailleurs réaffirmé qu'elle le désirait.

Un élan d'excitation le traversa. Ils étaient déjà amants, serait-ce si inconvenant qu'ils le demeurent ? Personne, et certainement pas son frère, ne lui refuserait le droit de mettre un peu de côté ses responsabilités afin d'être tout simplement un homme. Et après tout, en la désirant, il n'ouvrait pas la porte à sa vulnérabilité. Le désir, ce n'était pas de l'amour, or il pouvait tout à fait la désirer sans l'aimer. Il ne l'aimait pas, ne l'aimerait jamais, se répéta-t-il, aussi rien ne s'opposait-il à ce qu'elle reste au palais.

Sam avait mis autant de distance que possible entre elle et Vere. Elle ne lui avait pas adressé un seul regard ni une seule parole pendant le vol.

Un groupe d'officiels attendait Vere à leur descente du jet. Elle s'efforça de se faire le plus discrète possible, ce qui était sans doute la conduite la plus convenable pour une maîtresse, d'autant qu'elle portait toujours ses habits du désert. Cependant, même drapée d'une des sublimes robes achetées dans la galerie du Zuran, elle serait restée dans l'ombre.

Parmi les officiels, elle avisa soudain une femme qui coulait des regards brûlants en direction de Vere. Contrairement à elle, la créature irradiait la fierté et la dignité, avec ses lunettes de soleil perchées sur sa tête, afin de pouvoir mieux braquer sur Vere ses magnifiques yeux mordorés, tout comme elle lui exposait son remarquable décolleté…

Comment avait-elle pu accepter un tel marché ? se demanda de nouveau Sam, au supplice. Comment avait-elle pu être assez insensée pour croire un seul instant que Vere pourrait l'aimer un jour ? Elle s'était laissé prendre au piège de son propre désir et de leur idylle dans le désert, qui n'avait été rien d'autre qu'un mirage… Maintenant, elle devait faire face à la réalité qui ne ressemblait pas à l'homme que son imagination avait créé de toutes pièces.

La réalité, c'était qu'elle avait devant elle un étranger portant sur sa *dishdasha* blanche une djellaba richement brodée qu'il avait enfilée avant qu'ils ne descendent du jet. Aucune couronne n'ornait sa tête, mais cela n'était pas nécessaire, car ses manières et son entourage trahissaient son statut. Elle voyait à présent de la hauteur dans son regard, alors que dans le désert elle y avait perçu de la réserve, ce qui avait déchaîné ses fantasmes. Les mains qu'il tendait à ceux venus l'accueillir étaient bien les mêmes que celles qu'il avait posées sur elle, mais, pleines de bagues étincelantes, elles avaient aussi du pouvoir sur autrui…

Il n'y avait pas de place pour elle dans la vie d'un homme comme lui. Même si les harems appartenaient officiellement au passé de l'Orient, elle soupçonnait que le rôle qui l'attendait ne serait pas très éloigné des femmes de jadis, que le maître enfermait loin des regards et qui passaient leur journée à espérer l'honneur de sa visite.

Vêtue de ses nouveaux habits, elle était censée vivre dans son ombre, symbole de sa richesse et de son statut, tel un jouet avec lequel il s'amuserait selon son bon vouloir. Et elle attendrait elle aussi qu'il daigne lui accorder ses faveurs d'une nuit…

*
* *

Le regard de Vere balaya la petite foule qui s'était assemblée autour de lui et finit par se poser sur le visage pâle de Sam.

Il était encore temps de la faire monter dans un avion pour qu'elle regagne l'Angleterre et de lui proposer une forte somme en guise de dédommagement ; alors, elle sortirait complètement de ses pensées. Il ferait aussi en sorte de lui retrouver un travail plus lucratif… Bref, il y avait mille manières de s'assurer qu'il était dégagé de toute obligation morale envers elle, et plus une seule raison logique de la garder au Dhurahn.

Aucune raison logique, non ! se répéta-t-il en son for intérieur.

A un bref signe de tête de la part de Vere, deux hommes se présentèrent devant Sam et l'entraînèrent vers une limousine. Cette fois-ci, il ne monta pas dans la même qu'elle.

La route qu'ils empruntaient était droite et large. D'un côté, il y avait la mer, sa surface bleu-vert scintillant sous les rayons du soleil de la fin d'après-midi. De l'autre côté se trouvait la capitale du Dhurahn, un ensemble de gratte-ciel de verre, sertis dans des jardins aménagés.

La route elle-même était bordée de palmiers plantés dans des parterres d'un vert immaculé. A travers les vitres teintées, elle apercevait les gens qui, de leur véhicule, observaient leur convoi.

Soudain, devant eux, surgit une large muraille. Des grilles s'ouvrirent aussitôt sur une vaste cour. Les queues des paons de fer forgé qui surmontaient les grilles brillaient sous le soleil, les émeraudes qui les ornaient étant exactement de la même couleur que les yeux de Vere.

Vere…

Elle ne devait plus penser à lui en ces termes, mais l'appeler désormais « le souverain du Dhurahn ». De cette façon, elle espérait prendre une véritable distance avec lui…

Une volée de marches en marbre menait au portique, les lourdes portes du palais étant déjà ouvertes, et l'escalier bordé de domestiques en livrée.

Vere avait tout de suite bondi hors de sa limousine pour gravir l'escalier.

Quand elle le vit disparaître à l'intérieur du palais, un élan de panique la traversa, et elle se sentit soudain perdue, abandonnée, vulnérable… Et en éprouva du même coup de la colère et du ressentiment !

On lui ouvrit alors la porte, et elle descendit à contrecœur de la limousine. Un des hommes en livrée s'avança respectueusement vers elle.

— Si vous voulez bien me suivre…

Sans mot dire, elle lui emboîta le pas.

Le vestibule était frais et obscur, après la lumière éclatante extérieure. Des volets finement sculptés bloquaient la chaleur du soleil qui filtrait par les fenêtres. Sur le sol de marbre, il n'y avait pas de tapis, mais au milieu s'élevait une fontaine rectangulaire ; la surface de l'eau était recouverte de pétales de roses blanches. Un brûleur d'encens traditionnel était posé sur une marche, diffusant dans le vestibule une odeur chaude et épicée.

Le seul mobilier de la pièce était constitué de larges banquettes basses dotées de pieds et d'accoudoirs dorés, calées contre les murs, et garnies de coussins colorés contrastant avec la blancheur des murs. Différentes portes de bois sculpté ouvraient sur l'intérieur du palais, et des lampes de verre coloré insérées dans des supports en ferronnerie pendaient du plafond.

— Bienvenue au Dhurahn, madame, dit une jeune fille aux cheveux noirs, à la voix douce.

Semblant surgie de nulle part, elle s'avança vers elle, puis s'inclina quand elle fut à sa hauteur.

— Je suis Masiri et, si vous le permettez, je vais vous conduire dans l'aile des femmes.

L'aile des femmes ! Sam frissonna. Pourtant, elle n'avait pas d'autre choix que de suivre Masiri qui montait à présent l'escalier de marbre. Elles atteignirent une galerie bordée de moucharabieh, d'où l'on distinguait à peine le vestibule. Elles grimpèrent encore une volée de marches, puis traversèrent une autre mezzanine donnant sur une cour et un jardin clos. Sam retint son souffle lorsqu'elle regarda en bas, surprise par la beauté des lieux et en oubliant pour quelques instants son malheur. D'une fontaine jaillissaient des gouttes d'eau qui brillaient dans la lumière avant de retomber dans le bassin. De grands poissons rouges à demi dissimulés par des feuilles de nénuphars nageaient avec lenteur dans ses eaux. L'air était empli des effluves des roses plantées dans les parterres.

— Son Altesse le prince Vere vit dans la partie ancienne du palais, tandis que son frère, Sa Majesté le prince Drax, occupe l'aile nouvelle, expliqua Masiri dans un anglais soigné. Vous serez dans les appartements de Madame la princesse, c'était pour elle que son mari avait fait construire les jardins.

Sam s'efforça de lui sourire en hochant la tête, bien qu'elle n'ait pas la moindre idée de ce dont parlait Masiri.

La jeune fille venait de s'arrêter devant une porte à double battant, qu'elle ouvrit.

Sam entra dans la pièce à contrecœur, puis s'arrêta.

Elle se tenait dans un magnifique salon… aménagé dans un style purement géorgien. C'était sans aucun doute un lieu destiné à une femme avec son mobilier délicat, notamment un bureau en acajou et des bergères, sans compter une boîte à couture sur pied et un métier à broder. Un large miroir à cadre doré était accroché au-dessus de la cheminée de style néoclassique. De la soie moirée vert clair tendait les murs et retombait également des fenêtres tandis qu'un tapis tissé dans les mêmes tons recouvrait le sol.

Avec ses meubles d'époque, la pièce était si élégante que Sam en resta bouche bée, à la fois intriguée et impressionnée.

Lui souriant, Masiri la conduisit vers une autre porte et lui dit alors :

— Voici votre chambre, madame.

Encore une fois, elle la suivit en silence.

La chambre était décorée dans le même style que le salon et dans les mêmes tons. Le grand lit était drapé de soie vert pâle brodée d'or.

— Ici, c'est le dressing et la salle de bains, poursuivit la jeune domestique en désignant une porte à côté du lit. Je vais aller vous chercher du café et de quoi vous sustenter.

Sam, qui sentait monter une migraine, hocha la tête.

Ouvrant le dressing, elle y vit les robes achetées au Zuran et se demanda par quel miracle elles pouvaient déjà s'y trouver. Le personnel était d'une efficacité remarquable, et tout ce monde était bien différent du sien. A cette pensée, elle sentit une immense tristesse s'emparer d'elle.

Une autre femme aurait sans doute été heureuse d'entrer dans un univers où des mains invisibles exécutaient toutes les tâches nécessaires à votre place et accomplissaient vos désirs sans même que vous les formuliez. Mais pas Sam !

Quand Masiri revint avec du café et des pâtisseries, elle l'attendait avec impatience.

— Je veux voir Son Altesse, dit-elle d'un ton déterminé. J'ai quelque chose d'urgent à lui communiquer.

— Vous souhaitez que Son Altesse vienne vous voir ? demanda Masiri, perplexe.

Au ton de la jeune domestique, elle comprit qu'elle venait de faire une entorse au protocole, mais elle s'en moquait.

— Soit il vient ici, soit je vais chez lui, cela n'a pas d'importance, affirma-t-elle avec fermeté. Mais il faut que je le voie aussi vite que possible.

Vere parcourut rapidement des yeux la note que lui avait remise son secrétaire particulier.

Sam voulait le voir. Il regarda son bureau, où l'on avait rangé le courrier par ordre de priorité.

Il aurait dû aller s'enquérir de l'état de santé de sa belle-sœur, c'était le minimum que Drax attendait de lui, pensa-t-il alors. Sadie était une jeune femme très moderne, résolue à s'assurer que son mari et son beau-frère encourageaient l'égalité des sexes au Dhurahn, et il la soutenait dans sa démarche.

Au départ, Drax l'avait amenée au Dhurahn pour Vere, en vue qu'elle devienne sa femme et afin que tous deux échappent aux mariages diplomatiques prévus pour eux : Drax était en effet promis à la fille aînée de l'émir et Vere à la plus jeune sœur du souverain du Zuran. Ni l'un ni l'autre n'appréciaient ces plans nuptiaux, mais ils ne les avaient pas refusés de front, sachant qu'ils devraient faire preuve de beaucoup de diplomatie et trouver un motif plausible pour décliner. C'était Drax qui avait suggéré qu'ils prennent en main leur destin et trouvent eux-mêmes leurs femmes, mettant alors les souverains devant le fait accompli, leur coupant en quelque sorte l'herbe sous le pied, dans la mesure où rien n'avait été formulé officiellement concernant les mariages arrangés.

Quand Drax était finalement tombé amoureux de celle qu'il destinait à Vere, ce dernier en avait éprouvé une vive satisfaction pour eux tous. Désormais, il se sentait libéré de toute obligation vis-à-vis de la sœur du souverain du Zuran car, dans la mesure où une partie n'avait pas été satisfaite, il ne pouvait donner son accord pour le mariage au risque de vexer l'émir.

Il savait qu'il devrait se marier un jour, mais il se réservait le droit de choisir l'élue, tout en étant terrifié à l'idée de tomber amoureux.

« Tu ne pourras pas échapper au destin, l'avait taquiné Drax. Attends de voir, et tu suivras le même chemin que nos ancêtres en tombant amoureux d'une Européenne. C'est écrit dans nos gènes. »

Drax avait tort, bien sûr, complètement tort.

Il se rendit alors compte qu'il tenait toujours à la main la note que lui avait remise son secrétaire particulier et dans laquelle Sam demandait à le rencontrer de toute urgence.

A la seule pensée de savoir qu'elle l'attendait, il sentit monter en lui une émotion contraire à ce vers quoi il tendait. Cette femme l'atteignait au plus profond de son être, anéantissant sa maîtrise de lui-même… Preuve en était la façon dont il avait cédé à son désir alors qu'il aurait dû fuir, un désir qui de nouveau brûlait dans ses veines en dépit de tous ses efforts pour l'ignorer, un désir plus fort que tout.

Des images, des odeurs, des sons emplirent alors son

cerveau jusqu'à ce que sa respiration se saccade… Il changea de position sur sa chaise, mal à l'aise, bien trop conscient de l'érection qu'elle venait de provoquer chez lui. S'il se rendait dans ses appartements maintenant, il ne pourrait pas répondre de lui… Mais au fond, pourquoi ne pas céder à ses pulsions ?

Le problème était qu'il lui devait la vérité afin qu'elle décide par elle-même si elle souhaitait encore rester avec lui ou non. En tout état de cause, il était préférable qu'il reprenne le contrôle de lui-même avant d'aller la voir.

Il laissa alors retomber la note sur son bureau, se concentrant sur le courrier urgent qui l'attendait.

9.

Le soleil était couché depuis quelques heures, et Vere avait ouvert et répondu à tout son courrier en retard, mais un sentiment de culpabilité le taraudait : il n'avait pas rendu visite à Sadie.

Il ne lui fallut pas longtemps pour gagner l'aile nouvelle du palais. Sadie sourit à sa vue, lui offrant une tasse de café qu'il déclina poliment.

— Comment vas-tu ? s'enquit-il. Drax m'a dit que tu étais fatiguée.

— Je vais très bien, lui assura-t-elle. J'ai été fatiguée, c'est vrai, mais maintenant que je suis rentrée à la maison, tout va mieux.

Vere savait très bien qu'elle avait entendu parler de la présence de Sam au palais, mais elle avait bien trop de tact pour le questionner à ce sujet.

— Drax rentrera dès que la conférence sera terminée, lui dit-il.

— Je l'espère.

Il lui tint compagnie une demi-heure, puis comme elle était réellement fatiguée, il prit congé afin qu'elle puisse se reposer.

A présent, il devait se rendre chez Sam…

Il était désormais résolu à lui avouer la vérité, et à reconnaître qu'il l'avait méjugée. Il lui avait été facile de mettre de côté ses scrupules moraux dans la mesure où il s'était convaincu qu'elle couchait avec lui parce qu'elle était à la solde de l'émir. Mais maintenant, il se rendait bien compte que le désir de Sam à son endroit avait été sincère, ce qui n'arrangeait guère ses affaires…

Il jura dans sa barbe en s'apercevant qu'une fois encore son corps le trahissait et qu'il éprouvait un désir douloureux pour elle.

Sam avait attendu Vere des heures et des heures, mais il n'était pas venu. Alors, après avoir pris une douche, elle s'était enroulée dans un drap de bain, puis était venue quelques instants goûter la paix du salon où, malgré elle, elle s'était endormie.

Ce fut donc là que Vere la trouva quand il pénétra chez elle.

Elle avait la tête appuyée contre l'accoudoir du fauteuil et il songea que, si elle restait longtemps dans cette position, elle aurait un torticolis. Par ailleurs, ses cheveux étaient humides, comme si Morphée l'avait surprise avant qu'elle n'ait le temps de les sécher. Ses cils ressemblaient à de petits éventails posés sur sa peau de porcelaine. Ses lèvres étaient entrouvertes et, dans la demi-pénombre, sa gorge et ses épaules brillaient doucement, luminescentes, semblables à de la nacre pure.

A cette vue, il sentit les battements de son cœur s'accélérer, et il eut la sensation de se retrouver au bord d'un précipice, mû par son seul désir et insouciant du danger…

Elle semblait si seule et vulnérable ! Il remarqua alors de légers cernes sous ses yeux : avait-elle pleuré ? La culpabilité l'étreignit.

Dans un ultime effort, il parvint à se dire qu'il avait sous les yeux juste une femme endormie… Une femme endormie qu'il avait tenue dans ses bras après un orgasme d'une extraordinaire intensité. Il se rappelait ses émotions, intactes, quand elle s'était blottie contre lui, confiante, en sécurité avec lui.

La honte le saisit soudain, ainsi qu'une douce mélancolie qui se répandit lentement dans ses veines… Ce n'était pas le moment de la perturber avec ce qu'il avait à lui dire, estima-t-il. Ses aveux et les questions qu'elle ne manquerait pas alors de lui poser attendraient sans problème jusqu'au lendemain matin. Cependant, il ne pouvait pas la laisser dormir dans ce fauteuil, dans une position aussi inconfortable.

Se penchant vers elle, il la souleva avec précaution, animé par la simple intention de la transporter dans son lit et de l'y laisser.

Mais il venait à peine de faire quelques pas qu'elle ouvrit les paupières, se raidissant d'abord, avant de se détendre et de prononcer son prénom à voix basse, d'un ton soulagé.

— Je suis si heureuse de te voir, dit-elle d'un ton doux et rêveur.

Il resserra son étreinte.

Tout endormie, elle s'accrochait aux bras puissants de Vere tandis qu'il la conduisait dans sa chambre. Elle avait été si furieuse en l'attendant, vraiment résolue à lui dire qu'elle voulait partir, et maintenant qu'il était là, qu'elle se trouvait dans ses bras, sa colère s'était évaporée tels les points d'eau qui naissent dans la nuit froide du désert et disparaissent au petit matin, sous la chaleur du soleil, comme s'ils n'avaient jamais existé.

Elle l'aimait tant !

Il la déposa sur son lit, et elle noua naturellement ses bras autour de son cou tandis que sa serviette glissait de son corps. De nouveau, elle prononça son prénom.

Il devait partir, pensa Vere, alarmé. Mais quand il essaya de dénouer ses mains de derrière son cou, Sam pressa sa bouche contre la sienne, titillant ses lèvres…

Sa résolution s'évanouit aussitôt, et quand elle glissa sa langue entre ses lèvres, un violent frisson de désir le parcourut. Dans le clair de lune qui baignait la chambre, il aperçut la pointe dure de ses seins et leurs courbes sensuelles qui n'attendaient que ses caresses. Alors, abandonnant toute résistance, il fit glisser son pouce sur ses mamelons, de plus en plus vite, la sentant s'affoler de plaisir… Leurs langues se mêlèrent et, de ses mains, Sam tenta de lui retirer sa djellaba. Elle gémissait sous son baiser, le corps tremblant.

Il caressa alors ses hanches, son sexe qu'elle lui offrait, son désir atteignant des sommets à peine tenables. Rapidement, il se débarrassa de ses vêtements, tandis qu'elle déversait une pluie de baisers sur son corps, sur son bas-ventre, sur son membre… Reprenant bien vite le contrôle de la situation, il s'allongea sur elle, et captura avec sa bouche l'un de ses seins jusqu'à ce que le bout durcisse entre ses dents…

Son corps chaloupait déjà, aux prises avec la jouissance, lorsqu'il la pénétra. Il la sentit se refermer sur lui et bientôt ils se mirent à gémir tous deux de plaisir…

— Oh ! Vere, je savais dès le début que ce serait ainsi entre nous ! murmura-t-elle d'une voix encore tremblante d'émotion, quelques minutes après.

Comment ne pas l'aimer et ne pas vouloir être aimée en retour après ce qu'ils venaient de partager ? Elle se sentait si étroitement liée à lui, si consciente du fait qu'aucun autre homme ne pourrait la combler de la sorte. Elle s'était donnée à lui, et c'était ainsi qu'elle voulait que leur enfant soit conçu, dans l'abandon et l'engagement total, pour qu'il porte l'amour en lui…

— Reste avec moi, lui murmura-t-elle.

Comment en étaient-ils arrivés là ? se demanda Vere tout en la serrant dans ses bras. Ce n'était pas ainsi qu'il avait planifié ce rendez-vous.

Vraiment ? lui susurra alors une petite voix.

Sam s'était endormie, à présent. Il posa son menton sur ses cheveux. Il se sentait si bien avec elle, et elle semblait si heureuse… Et si la vie n'était pas aussi compliquée qu'il le pensait ?

« Reste avec moi », avait-elle demandé. Et ces mots, comme un baume apaisant versé sur une plaie douloureuse, couvrirent la supplique qu'il avait lui-même, adolescent, adressée à ses parents : « Ne me quittez pas. »

Sam se réveilla en sursaut, tâtant aussitôt l'espace vide à côté d'elle… Vere était parti, il l'avait de nouveau abandonnée. Un chagrin cruel lui étreignit le cœur.

Ce fut alors que l'odeur du café frais lui flatta les narines et qu'elle vit que les doubles fenêtres étaient grandes ouvertes pour laisser entrer la lumière du jour. Enfilant un peignoir, elle franchit le seuil de la chambre et se retrouva dans le jardin clos.

La chaleur du soleil caressa agréablement sa peau tandis que les abeilles bourdonnaient dans les fleurs. Elle s'immobilisa pour humer l'odeur d'une rose qui venait de s'épanouir. Soudain, une ombre se dessina sur le chemin et son cœur fit un bond de joie dans sa poitrine.

— Vere !

Il était douché, les cheveux encore humides, et fleurait bon le savon.

— Je veux te parler, annonça-t-il d'un ton tranquille.

Il s'était réveillé à l'aube, et était resté allongé près de Sam, le poids de sa tête reposant tendrement sur son bras, tandis que sur sa conscience pesait un fardeau bien plus lourd.

— Si c'est à propos des vêtements…, commença-t-elle.

Mais Vere secoua la tête.

— Non, il ne s'agit pas de cela. Quand nous nous sommes rencontrés au Zuran, tu n'avais pas la moindre idée de qui j'étais, n'est-ce pas ?

— Non, je l'ignorais, répondit-elle d'un ton sincère.

Vere poussa un soupir, tandis qu'elle poursuivait :

— Je sais que tu pensais… Enfin que tu as laissé entendre que… Normalement, je ne… Bref, ça a été plus fort que moi ! Dès que je t'ai vu, j'ai compris que ma vie avait changé pour toujours.

Comment avait-il pu la soupçonner de duplicité ? Son honnêteté était si évidente qu'il avait honte d'avoir douté d'elle.

— Moi… Moi aussi j'ai ressenti quelque chose, avoua-t-il.

Il fut le premier étonné de sa confession, mais il y avait été contraint, incapable de bloquer les mots qui lui venaient directement du cœur.

— Pourtant, je ne l'ai pas cherché, acheva-t-il à la hâte.

— Ça, j'avais bien compris…

Cependant quelque chose avait changé, cela, elle en avait aussi l'intuition. Et si les miracles existaient ? Et si Vere l'aimait ?

— Avant de venir au campement, expliqua-t-il alors, j'avais été prévenu qu'un membre de l'équipe travaillait à la solde de l'émir du Khulua. L'émir est notre voisin et, en dépit de notre entente apparente, c'est un homme de la vieille école qui aime provoquer des crises dont il peut ensuite profiter. Nous avions été mis en garde contre d'éventuelles questions de sa part sur la légitimité des frontières que nous partageons. Non parce qu'il croit qu'elles ne le sont pas — il sait parfaitement qu'elles sont incontestables —, mais parce qu'il avait envie que nous soyons sur la défensive.

Sam l'écoutait, tout en se demandant si cette inquiétude naturelle avait un rapport avec la façon dont il s'était comporté avec elle au camp, à son arrivée. Après tout, il ne nourrissait peut-être aucune hostilité contre elle, mais il était en proie à l'anxiété et préoccupé, ce qu'elle concevait aisément.

Vere arborait une expression grave et choisissait ses mots avec soin.

— Quand je me suis rendu compte que tu t'interrogeais sur le cours de la rivière Dhurahni…

— Je sais, tu étais très en colère contre moi, et au début, je n'ai pas compris ta fureur. Mais maintenant que tu m'as tout expliqué au sujet de l'émir, je comprends mieux. Est-ce que tu sais finalement qui travaille pour lui ?

Elle lui offrait l'opportunité qu'il attendait, l'ouverture dont il avait besoin, et pourtant une sourde douleur l'étreignit. Elle était si tendre, si compréhensive, à des lieues de soupçonner qu'il ne méritait pas une telle sollicitude. Elle n'imaginait même pas qu'il ait pu la diaboliser. Mais elle allait bientôt comprendre…

— J'ai cru que oui, déclara Vere.

Puis il se détourna d'elle, incapable de supporter son regard alors qu'il s'apprêtait à passer aux aveux. Il ne voulait pas voir la chaleur de son regard s'éteindre, remplacée par une condamnation qu'il savait mériter.

Elle perçut immédiatement son malaise, et un frisson de peur la parcourut. Quelque chose n'allait pas et de fait…

— Quand je t'ai vue sur le sentier de l'oasis, je n'ai pas voulu te reconnaître. Ce qui s'était passé au Zuran, je n'avais pas envie de me le rappeler. Il n'était pas digne du comportement que mes parents auraient attendu de moi.

Vere lisait déjà de la douleur dans ses yeux, et cette douleur l'atteignit de plein fouet. Il posa alors ses mains sur les épaules de Sam, s'efforçant de ne pas être distrait par leur douceur.

Elle se mordit la lèvre. Elle réagissait de façon bien trop émotive, elle le savait, mais il était dur d'apprendre qu'il avait une si piètre opinion d'elle.

— La vérité, c'est que je ne t'avais pas oubliée, je ne le pouvais pas. Ton souvenir était gravé dans mon cerveau, dans mon corps. Mais je ne pouvais pas l'y laisser, il me fallait une bonne raison pour te résister, alors je me suis convaincu que c'était toi qui étais l'espionne de l'émir.

Son aveu la fit pâlir et elle parut aussi choquée que bouleversée par ce qu'il avait imaginé. Elle recula de quelques pas, et il ne chercha pas à la retenir.

— C'est ce que tu pensais de moi ? Mais tu m'as pourtant fait l'amour, tu m'as demandé d'être ta maîtresse…

Sam balbutiait, tremblait, souhaitant désespérément l'entendre dire qu'elle l'avait mal compris.

— Je pensais qu'il était de mon devoir de me rapprocher de toi pour découvrir tes manigances.

Une sensation d'horreur la submergea, tandis qu'une douleur immense la terrassait.

— Non…

Elle aurait voulu s'enfuir à toutes jambes, mais elle était paralysée. Alors elle l'entendit poursuivre :

— J'ai pensé que le meilleur moyen de saper la stratégie de l'émir c'était de te prendre toi, son agent, comme maîtresse officielle.

Il entendit clairement le petit gémissement qu'elle s'était pourtant efforcée d'étouffer, telle une proie fauchée par les serres d'un faucon.

— Je devais faire passer le Dhurahn avant toute chose, ajouta-t-il.

Un silence suivit cette déclaration. *Est-ce une explication ou une excuse ?* se demanda-t-elle. Mais à présent elle s'en moquait, car il l'avait blessée au-delà de ce qu'il était possible d'endurer. Il s'était servi d'elle, certain qu'elle croirait qu'il la désirait.

Dans un terrible effort de volonté, elle parvint à rassembler ses dernières bribes de fierté pour demander :

— Pourquoi est-ce que tu me dis ça maintenant ?

— Alors que nous rentrions au Dhurahn, mon frère m'a appelé pour m'informer que d'après les investigations que j'avais fait mener, il était impossible que tu travailles pour l'émir. Je t'ai fait du tort, et je ne peux que te présenter mes sincères excuses et te demander pardon. Naturellement, je ferai tout ce qui est en mon pouvoir pour que ta carrière n'en souffre pas. En tant que cartographe…

— Ma carrière ?

Elle s'interrompit, se battant contre la douleur.

— Et que me proposes-tu en dédommagement de ma fierté perdue ? Pour le fait que tu m'aies laissé croire que tu me désirais, que tu…

Elle s'interrompit, incapable de continuer, les larmes inondant ses yeux, l'émotion étranglant sa voix.

Vere s'avança vers elle.

— Non ! s'écria-t-elle quand il voulut la prendre dans ses bras.

Et, désespérée, elle se mit à marteler son torse de toutes ses forces, l'obligeant à la lâcher. Lui tournant brusquement le dos, elle voulut rentrer dans le salon… Ce fut alors que l'accident survint : un mouvement vif sur le sol et Sam ressentit une piqûre fulgurante à la jambe avant de pousser un cri strident. Aussitôt, elle le vit se précipiter vers elle, et lui enjoindre de ne pas bouger, sachant que le moindre geste pouvait envoyer le venin du serpent jusqu'au cœur…

— Reste tranquille et fais-moi confiance, lui dit-il.

Puis il se mit à appeler à l'aide, avant de placer sa bouche sur la blessure afin d'en aspirer le poison.

De nouveau, il appela à l'aide et elle eut la sensation que l'image de Vere se troublait, que son expression était distordue. Elle voulut bouger, mais il lui ordonna de rester tranquille.

Les domestiques, alertés par les cris, arrivèrent très rapidement et il leur demanda d'aller chercher un médecin, le tout sans la quitter des yeux, comme s'il essayait de lui communiquer sa propre force et, par l'intensité de son regard, de la garder en vie avant qu'on ne lui injecte l'antidote nécessaire.

Les jardins étaient entretenus avec soin, mais un serpent venimeux était tout de même parvenu à s'y introduire. Vere entendait son propre cœur battre à toute allure, pompant l'énergie vitale dont Sam avait tant besoin. S'il avait pu lui donner son sang, il l'aurait fait. Elle était tout pour lui, sans elle, il n'était plus rien, sa vie ressemblait à un pays dépeuplé.

Comme une subite tempête de sable dans le désert, la vérité s'imposa à lui.

Il l'aimait.

Les yeux de Vere le brûlaient : il ne voulait pas la perdre. Pas maintenant, alors qu'il venait de la découvrir et avait tant besoin d'elle !

Il sentait les battements du cœur de Sam ralentir peu à peu. Il était impossible qu'elle parte…

Le docteur arriva, l'expression grave et soucieuse. Dans l'espace de temps qu'il lui fallut pour chercher l'antidote dans sa valise, les lèvres de Sam bleuirent…

L'aiguille hypodermique à la main, le docteur hésita et, à cet instant, Vere poussa un cri strident.

— Non ! *Non !*

— Désolé, Votre Altesse, je crains qu'il ne soit trop tard, dit le médecin.

Des images affluèrent immédiatement dans la tête de Vere, des images insupportables : il revit le messager qui leur avait annoncé, à Drax et lui, la mort de leurs parents, le long vol qu'ils avaient dû effectuer pour rapatrier les corps au Dhurahn, la douleur et la colère qui l'avaient alors saisi. Il ne pourrait supporter de perdre Sam. Comme il serrait le poignet de la jeune femme, il sentit une pulsation, puis vit son buste se soulever légèrement.

— Regardez ! s'écria-t-il à l'intention du médecin.

Hochant la tête, celui-ci reprit la seringue.

10.

Sam reposa le livre qu'elle essayait de lire. Assise dans l'élégant boudoir décoré par l'arrière-grand-mère de Vere, elle venait de prendre son dîner en solitaire et regardait sa montre…

Vere s'était montré très attentionné envers elle pendant sa convalescence, venant souvent lui rendre visite ; il lui avait d'ailleurs appris que c'était son collègue James qui était en réalité l'espion de l'émir. Mais maintenant que le médecin l'avait déclarée guérie et autorisée à quitter son lit, il était redevenu bien plus froid, ajoutant encore à sa confusion. Ainsi, elle ne l'avait presque pas vu aujourd'hui, à l'exception d'une brève visite durant laquelle il n'avait pas même tenté de la prendre dans ses bras ni de discuter réellement avec elle, d'ailleurs. En outre, son ton était presque hostile.

Elle commençait à se dire qu'elle avait rêvé le moment où, ouvrant les yeux, elle l'avait trouvé à son chevet en train de lui dire qu'il l'aimait, et qu'il avait eu peur de la perdre… En effet, le comportement actuel de Vere n'était pas celui d'un homme amoureux. Elle envisageait aussi une autre possibilité, à savoir qu'il regrette d'avoir prononcé ces paroles, et dans ce cas elle ne comprenait pas pourquoi. Il devait pourtant savoir qu'elle l'aimait, car elle n'avait pas cherché à lui cacher ses sentiments.

Elle n'arrivait pas à croire qu'un peu plus de vingt-quatre

heures s'étaient écoulées depuis qu'il lui avait tenu la main dans l'obscurité et, la regardant droit dans les yeux, lui avait assuré à quel point elle comptait pour lui.

« J'ai grande hâte que le Dr Sayid te déclare complètement guérie, lui avait-il. Mon lit est vide sans toi, tout comme mon cœur et ma vie l'auraient été si je t'avais perdue. Je meurs d'envie d'être avec toi, peau contre peau, cœur contre cœur et esprit contre esprit, sans aucune barrière entre nous. »

Rien que de repenser à ces mots, elle en était toute retournée. Vere était un amant si passionné ! Quand il la prenait dans ses bras, elle avait la sensation qu'il lui ouvrait la porte sur un monde très spécial et secret, partagé juste par eux deux.

Et maintenant que le Dr Sayid l'avait décrétée guérie, pourquoi la laissait-il languir dans ce boudoir, au lieu de l'emmener dans son lit ?

Elle avait frôlé la mort de près, et cette expérience l'avait transformée, la rendant encore plus consciente de sa vulnérabilité et de la fragilité de la vie, tout en lui insufflant une nouvelle force émotionnelle et une foi inébranlable dans l'importance et la valeur de l'amour.

Comme la vie, l'amour ne devait pas être pris à la légère, ni pour acquis. Il requérait du respect et la plus grande tendresse.

Durant sa convalescence, elle avait eu tout le temps de penser à Vere et au rôle qu'elle pourrait raisonnablement jouer dans sa vie, et maintenant qu'elle s'était remise du choc initial lié à ses révélations, elle tentait à tout prix de passer outre et de se concentrer sur l'attention qu'il lui avait témoignée lorsqu'elle était malade. Une attention qui trahissait ses sentiments, pensa-t-elle encore pour se réconforter.

*
* *

Vere se tenait devant le portrait officiel de ses parents qui dominait la salle d'audience du palais, où les sujets venaient traditionnellement soumettre leurs problèmes à leur souverain.

Le portrait était très ressemblant.

Après les mois qui avaient suivi leur décès, il était souvent venu se recueillir devant ce tableau, comme si le fait de le contempler avait pu ramener le couple à la vie. Il savait bien sûr que ce n'était pas possible, et il avait toujours quitté cette pièce promptement, écrasé sous le fardeau de son propre chagrin.

C'était aussi sous ce portrait qu'il avait fait le vœu solennel de toujours tenir à distance sa propre vulnérabilité pour le salut de son peuple, et par conséquent de ne jamais s'autoriser à tomber amoureux.

Comment aurait-il pu régner avec sagesse s'il avait vécu dans la peur constante que la vie lui prenne la personne qu'il aimait ? C'était impossible.

Pourtant, il avait rompu son vœu en rencontrant Sam…

Il savait qu'il n'oublierait jamais ce qu'il avait ressenti quand il avait cru qu'elle était en train de mourir. Il avait alors eu une vision cauchemardesque de son futur, d'une vie s'étendant à l'infini tel un pays dévasté devant lui, un no man's land insupportable.

Or, comme quelqu'un qui s'était brûlé une fois, il était mortellement effrayé à l'idée que cela puisse se reproduire. Il ne pouvait garder Sam au palais, il le savait, car sa présence ici était bien trop dangereuse pour lui.

Le voile protecteur qui recouvrait son cœur s'était déchiré, et il avait vu ce qu'il y avait derrière. Depuis, il ne pouvait plus se mentir à lui-même et prétendre qu'il ne ressentait pour elle qu'un désir physique.

Cependant, il ne pouvait pas non plus la renvoyer tout de suite, ç'aurait été indécent après ce qui lui était arrivé, et même imprudent. Le Dr Sayid avait beau affirmer que tout était rentré dans l'ordre, il estimait pour sa part qu'elle n'avait pas encore recouvré toutes ses forces. En outre, où pouvait-elle aller ? Etait-elle capable de subvenir à ses propres besoins ?

A cette pensée, un terrible besoin de la protéger l'étreignit et cet élan le surprit. Désemparé, il leva les yeux vers le portrait de ses parents… Son père entourait sa mère d'un bras protecteur, et ce geste reflétait exactement ce qu'il ressentait envers Sam : il aurait voulu par son amour la mettre à l'abri des vicissitudes de la vie. Mais qui le protégerait alors lui de la peine infinie qu'il éprouverait si, pour une raison ou pour une autre, il venait à la perdre ?

Une conclusion s'imposait : lui seul pouvait se défendre de lui-même en renonçant à cet amour.

11.

Cela faisait deux jours maintenant que le médecin avait décrété que Sam était complètement remise, et elle n'avait pas revu Vere depuis… A cette pensée, des larmes lui piquèrent les yeux. Qu'avait-elle donc fait pour que Vere la traite aussi mal ?

Elle reposa son livre qu'elle n'arrivait pas à lire et se mit à faire les cent pas, soulagée d'avoir une personne à qui parler quand Masiri apparut pour lui servir du café.

— Je suis désolée d'arriver si tard, s'excusa-t-elle. Seulement, la princesse m'a appelée et j'ai dû…

— La princesse ? s'enquit Sam d'un ton incertain.

Vere ne lui avait mentionné aucune princesse vivant au palais.

— Oui, approuva Masiri en hochant vigoureusement la tête. La princesse est la femme de Son Altesse. Elle était absente car elle était en visite dans son propre pays, mais à présent elle est de retour parmi nous.

Un froid glacial envahit le cœur de Sam…

Vere était marié ?

— La princesse est l'épouse du prince ? demanda-t-elle, alors que la raison de la désertion de Vere lui apparaissait désormais très clairement.

— Oui, confirma Masiri.

Pourquoi ne lui en avait-il rien dit ? s'insurgea-t-elle, tout en ne sachant que trop bien la réponse.

Il ne lui en avait pas parlé car elle était juste sa maîtresse et que les hommes, surtout ceux de la trempe de Vere, ne parlaient pas de leurs épouses aux femmes avec qui ils avaient choisi de coucher en dehors de leur mariage.

Pourtant, Vere lui avait dit qu'il l'aimait…

Mais n'était-ce pas ce que les hommes assuraient toujours à leur maîtresse ? Maintenant que sa femme était de retour, il regrettait d'avoir prononcé ces mots et souhaitait se détacher d'elle. En réalité, elle n'avait jamais été réellement sa maîtresse dans la mesure où la raison pour laquelle il l'avait conduite au palais était d'une tout autre nature que le désir.

Elle avait la sensation que deux femmes s'affrontaient en elle. L'une était une femme outragée, trahie et amoureuse, et l'autre était cynique et amère, furieuse du rôle qu'on lui avait fait jouer dans le mariage d'une autre.

— La princesse…, commença-t-elle.

Masiri la regardait, attendant qu'elle continue, mais Sam savait qu'elle n'avait nul droit de poser les questions qui lui brûlaient la langue et le cœur.

— C'est sans importance, éluda-t-elle alors.

Vere était marié. Une autre femme avait droit au titre d'épouse, et celui de partager sa vie et son lit. Jamais elle ne s'était imaginée dans le rôle de l'intruse. Si elle avait su dès le début qu'il était marié, si seulement il l'avait prévenue, alors jamais elle n'aurait…

Jamais elle n'aurait quoi, au juste ?

Jamais elle ne serait tombée amoureuse de lui, n'aurait couché avec lui, n'aurait accepté sa protection en tant que maîtresse ? Où se situait la limite ?

Une sensation d'horreur et de honte la submergea…

Elle ne pouvait plus rester au palais, elle devrait partir incessamment. Elle avait la nausée à l'idée de ce qu'elle avait fait. Et Vere, comment pouvait-il se comporter de la sorte ? Espérait-il que son épouse comprendrait qu'il avait couché avec elle pour raison d'Etat, et que par conséquent cet acte ne signifiait rien pour lui ? Elle-même, aurait-elle accepté un tel comportement, si elle avait été l'épouse ou bien aurait-elle été obsédée jusqu'à la fin de ses jours par la trahison de son mari ?

Et dire qu'elle avait cru Vere au-dessus de telles bassesses ! Son comportement était impardonnable et, en l'entraînant dans ses turpitudes, il l'avait humiliée.

Hélas, elle ne pouvait pas partir sur-le-champ dans la mesure où Vere avait pris son passeport pour le mettre en sécurité. Elle devrait attendre de le revoir.

L'odeur du café lui donnait à présent la nausée, et elle avait besoin de prendre l'air. S'élançant vers la porte-fenêtre, elle se réfugia dans la quiétude du jardin, que les domestiques avaient débarrassé de tout serpent.

Elle contourna l'étang puis s'engagea dans le sentier qui menait au parc, remarquant pour la première fois une haute grille en fer forgé dans le mur qui longeait les jardins.

Qu'y avait-il, au-delà ? se demanda-t-elle, absente à elle-même, mais désireuse de se concentrer sur autre chose que ses affreuses pensées.

Elle aperçut tout d'abord derrière les grilles un autre jardin, plus moderne que celui dans lequel elle se trouvait, orné de parterres en pierres et en métal où poussaient des plantes grasses et piquantes. Des jets d'eau montaient de sources invisibles, telles de fines plumes. Soudain, Vere se matérialisa à l'autre bout de ce jardin. Elle retint sa respiration… Il était vêtu à l'européenne, sa veste de costume soulignant sa large carrure tandis que la verdure qui l'entourait projetait des ombres dansantes sur son visage. Il ne l'avait pas remarquée.

Ce fut alors qu'elle le vit tendre la main…

Une personne s'avançait en effet lentement vers lui, drapée dans une robe blanche et coiffée d'un chapeau. Elle arborait le ventre bien rebondi d'une femme enceinte, et lui souriait. Il passa son bras sous le sien et pencha la tête pour lui donner un baiser sur le front, tout en posant une main protectrice sur son ventre.

Une affreuse crampe serra alors l'estomac de Sam et, incapable de regarder la scène plus longtemps, elle s'enfuit…

Sam ignorait combien de temps elle était restée prostrée sur un banc dans le jardin, tremblante et en nage. Elle se sentait légèrement étourdie, et surtout son cœur pesait une tonne…

Est-ce que Vere était encore avec sa femme ? Etait-il en train de la cajoler, sa main toujours sur ce ventre qui portait la nouvelle vie qu'ils avaient conçue ensemble ? A cette pensée, elle eut soudain très froid et ses dents se mirent à claquer…

Tout à coup, elle entendit de légers pas sur le chemin : c'était dans doute Masiri qui venait encore lui proposer du café et des pâtisseries.

Elle se releva à grand-peine, et tout son sang reflua de son visage lorsqu'elle s'aperçut que ce n'était pas Masiri, mais l'épouse de Vere qui s'avançait vers elle…

— Oh ! je suis désolée ! Je vous ai fait peur, dit cette dernière.

Elle avait une voix harmonieuse, et son sourire était chaleureux et sincère.

— Je vous ai aperçue dans le jardin et j'avais hâte de faire votre connaissance. Vous êtes également anglaise, n'est-ce pas ?

Sam hocha la tête, incapable de prononcer le moindre mot.

— Je ne devrais pas débarquer chez vous à l'improviste, bien sûr, poursuivit-elle dans un petit rire. Vere n'approuverait pas et serait furieux contre moi, mais j'étais bien trop curieuse de vous rencontrer pour résister à la tentation.

Sam luttait intérieurement pour paraître aussi calme qu'elle, aussi courtoise, mais elle avait la sensation d'être entrée dans la quatrième dimension.

— Oui, je comprends votre curiosité, finit-elle par dire.

— Je ne peux pas rester très longtemps, dit la princesse en désignant son ventre. Vere craint que je n'accouche avant la date prévue. A propos, je m'appelle Sadie et j'espère que nous serons amies.

Amies ? Sam faillit s'étrangler.

— Oui, se força-t-elle néanmoins à répondre.

Elle ne pourrait jamais être amie avec l'épouse de Vere, cela la détruirait. Et comment sa femme pouvait-elle se montrer aussi charmante avec elle ?

Et soudain, elle pensa que Sadie ne savait peut-être pas que Vere avait couché avec elle… Il était tout à fait probable qu'il lui ait menti, à elle aussi. Quoi qu'il en soit, elle n'aurait jamais cru qu'il serait si douloureux d'aimer un homme qui ne vous aimait pas.

— Bon, je me sauve, dit Sadie. Je ne veux pas que Vere me surprenne avec vous.

Sam la regarda s'éloigner, toute tremblante.

Elle devait partir sans délai, fuir l'affreuse douleur qu'elle ressentait et l'égale culpabilité pour avoir couché avec le mari de Sadie, le tout étant de récupérer son passeport ! Elle n'avait pas grand-chose à emporter, puisqu'il était hors de question qu'elle prenne les vêtements de luxe achetés au Zuran, même si elle les avait portés, ces derniers jours.

Où pouvait bien se trouver Vere ? Etait-il en train de rassurer sa femme et de lui dire qu'elle seule comptait à ses yeux ? Lui murmurait-il les mêmes mots passionnés que ceux qu'il lui avait susurrés au creux de l'oreille ? Elle devait aller lui réclamer son passeport, ne redoutant plus à présent qu'il l'empêche de partir. Au contraire, il en serait certainement soulagé.

Regagnant ses appartements, elle demanda à Masiri de transmettre un message à Vere, à savoir qu'elle devait le voir de toute urgence.

Vere était sur le point de rejoindre son frère afin que ce dernier puisse lui dresser le compte rendu de son voyage, quand on l'informa que Sam souhaitait le voir « de toute urgence ».

La nouvelle provoqua en lui un dangereux mélange d'émotions contraires, dominé par un besoin impérieux qui n'avait rien à voir avec une envie de discuter, mais relevait d'un l'instinct mâle et possessif.

Il devait se confronter à sa propre vulnérabilité, décida-t-il. Eviter tout contact avec Sam était une façon bien lâche de gérer la situation. Jusqu'à maintenant, il avait été trop pleutre pour la renvoyer, et pas assez fort pour faire confiance à son jugement.

Il ordonna qu'on fasse venir Sam dans son bureau.

Le fait qu'il la convoque dans son bureau était des plus explicites sur ses intentions, pensa Sam en pénétrant dans la pièce où Vere était assis à sa table de travail, apparemment plongé dans la lecture de documents.

Il était manifeste que tout était fini entre eux…

En dépit de la peine qu'elle ressentait, le volcan de la fierté fit surgir de sa bouche une lave brûlante de colère.

— Rassure-toi, Vere, je ne suis pas venue te supplier de me prendre dans ton lit ou te rappeler ce que tu m'as dit quand j'étais malade, lâcha-t-elle d'emblée.

Elle eut alors la satisfaction de voir sa mâchoire tressaillir.

— Tout ce que je veux, c'est mon passeport ! continua-t-elle.

Il avait relevé la tête et une lueur indéchiffrable brillait dans ses yeux.

— J'ai été vraiment idiote de penser que je t'accablais avec un amour qui te faisait peur et que c'était pour cette raison que je ne t'avais pas vu depuis deux jours, alors qu'en réalité, ta désertion s'explique par le retour de ta femme au palais. Comme j'ai été naïve de ne pas avoir deviné que tu étais marié !

Elle l'aimait, pensa-t-il, c'était une évidence, sans quoi elle ne se serait pas mise à nu devant lui de la sorte.

Une douleur fulgurante le traversa. Il devait cependant résister à la tentation de lui dire la vérité ! C'était le prix à payer pour s'assurer un avenir sans elle, et pour la sécurité émotionnelle dont il jouirait alors.

— Ta femme, Sadie, m'a rendu visite.

Elle émit alors un petit rire un peu trop aigu pour être sincère.

— J'ai l'impression qu'elle m'apprécie, elle tient visiblement à ce que nous soyons amies.

Il suffisait, pour qu'elle cesse de souffrir, qu'il la détrompe et lui dise que Sadie était l'épouse de Drax. Tout ce qu'il avait à faire pour juguler sa propre souffrance, c'était de la prendre dans ses bras et de lui avouer qu'elle était celle qu'il aimait, celle qu'il aimerait toujours.

Mais les images de sa mère morte l'obsédaient, son visage figé à tout jamais, son calme surnaturel... Pendant ces heures interminables où la vie de Sam avait été en danger, ses traits s'étaient substitués à ceux de sa mère... Un frisson de fièvre le parcourut.

Sam ne s'étonna nullement de le voir frémir à la pensée qu'elle avait noué amitié avec sa femme.

— J'ai fait mes bagages et je m'apprête à partir, l'informa-t-elle. Si tu veux bien me rendre mon passeport... Je suis certaine que tu seras très heureux de me faire monter dans le premier vol pour le Zuran.

Elle releva la tête fièrement. Il n'était pas question qu'elle lui laisse entrevoir la douleur qui la rongeait.

Son départ était en effet la meilleure solution pour mettre fin à une situation devenue insupportable, pensa Vere. Il était préférable, pour leur salut à tous les deux, de laisser Sam penser le pire de lui, partir en le vouant aux gémonies. C'était d'ailleurs peut-être le plus beau cadeau qu'il pouvait lui faire. Il ignorait comment elle en était venue à croire que Sadie était sa femme, mais il lui paraissait tout à fait sensé de ne pas la dessiller.

Ouvrant l'un de ses tiroirs, il en sortit le passeport qu'il posa sur son bureau.

Amère, Sam constata qu'il ne voulait même pas prendre le risque de lui tendre son passeport, de peur sans doute d'effleurer ses doigts.

Mais comment pouvait-elle encore attacher de l'importance à un détail aussi futile, connaissant sa fourberie ? N'avait-elle donc plus le moindre respect pour elle-même, écrasée qu'elle était par le poids trop lourd de son cœur, par celui de ses rêves anéantis ?

Vere appuya sur un bouton et, quelques secondes plus tard, un domestique apparut dans son bureau. Il lui ordonna alors de préparer une voiture pour conduire Sam à l'aéroport.

— Quand tu arriveras à l'aéroport, tu pourras prendre le premier vol pour le Zuran, j'aurai retenu une place pour toi, l'informa-t-il.

Et si aucune place n'était libre, alors il affréterait son jet personnel pour qu'elle quitte le Dhurahn, pensa-t-il.

Puis il se leva et ajouta :

— Et maintenant, si tu veux bien m'excuser, je dois rejoindre mon frère qui m'attend. Mon secrétaire personnel t'accompagnera à la voiture.

C'était fini, pensa Sam, toute retournée. Fini…

Mais comment était-ce possible alors qu'elle l'aimait toujours ? Assez ! s'exhorta-t-elle. Ecouter la voix de son cœur, ç'aurait été renoncer à sa fierté, s'accrocher à lui, le supplier. C'était fini, c'était ainsi.

Au prix d'un indicible effort, elle parvint à suivre le domestique qui était déjà sorti de la pièce.

Elle le quittait, comme il l'avait toujours souhaité… En coupant le lien entre eux, il s'était libéré de lui-même, libéré d'une vie dominée par la peur qu'elle l'abandonne.

De ses fenêtres, il la vit monter dans la voiture. Elle hésita un instant, regardant par-dessus son épaule, vers son bureau. Immédiatement, il recula dans l'ombre.

A présent, se dit-il, il devait aller voir Drax pour discuter de problèmes importants avec lui, des problèmes concernant le Dhurahn et son avenir, et qui requéraient toute son attention.

La voiture devait avoir quitté le palais maintenant, et rouler sur l'avenue Royale. Le trajet jusqu'à l'aéroport serait rapide, et l'avion qu'elle devait prendre pour regagner le Zuran avait été retardé à sa demande. Sous peu, elle serait pour toujours sortie de sa vie…

Ce fut alors qu'un cri de déni lui échappa :

— Noooon !

Il résonna dans son bureau, tandis qu'il décrochait son téléphone.

12.

La limousine atteignait l'aéroport. Bientôt elle quitterait le Dhurahn pour toujours.

Soudain, le chauffeur freina et effectua un abrupt demi-tour. Avant qu'elle n'ait le temps de toquer contre la paroi qui les séparait, il repartait dans la direction inverse.

Dès qu'ils furent dans la cour du palais, un serviteur surgit pour lui ouvrir la portière, tandis que deux autres domestiques l'attendaient à l'intérieur pour la conduire… La conduire où, au juste ? se demanda-t-elle avec appréhension tandis qu'ils traversaient des couloirs qui lui étaient familiers. Elle se rendit alors compte qu'on l'emmenait dans les appartements privés de Vere.

Devant la porte, ils s'arrêtèrent, frappèrent, puis la lui ouvrirent.

Elle n'avait pas envie d'entrer, mais elle comprit qu'elle n'avait pas le choix. Derrière elle, la porte se referma et elle se retrouva face à Vere.

— Pourquoi est-ce que tu as fait ça ? demanda-t-elle.

Son cœur battait à tout rompre.

— Parce que je le devais, répondit-il.

Elle ne l'avait jamais vu dans un tel état, le visage ravagé par toute une palette d'émotions qu'elle avait du mal à identifier, mais qu'il ne cherchait pas à lui cacher.

Soudain elle prit peur, recula d'un pas, puis sans

qu'elle comprenne comment cela s'était passé, elle se retrouva dans les bras de Vere qui se mit à l'embrasser avec fougue et passion — et avec une intimité qu'il ne lui avait encore jamais témoignée.

Elle avait bien conscience qu'elle aurait dû résister, mais elle était elle-même choquée par son abandon, par la façon dont elle se pressait ardemment contre lui.

— Je ne pouvais pas te laisser partir, murmura-t-il quand il écarta son visage du sien.

Ces paroles sincères et saccadées lui allèrent droit au cœur. Parfois, des mots très simples suffisaient à mettre au jour des sentiments très complexes. Mais des mots très simples pouvaient aussi se révéler dangereux…

Elle sentit ses yeux se remplir de larmes.

— Tu n'aurais pas dû me faire revenir, dit-elle. Tu as eu tort.

— Je t'aime, répondit-il avec détermination.

— Mais il ne faut pas ! Tu ne dois pas.

C'était elle à présent qui avait endossé son rôle.

Comme il lui était désormais facile de repousser ces exhortations telles des ombres folles n'ayant aucune prise avec la réalité, telles des peurs d'adolescent ! constata-t-il.

— Tu as une femme… Et tu vas avoir un enfant ! ajouta-t-elle.

Elle pensa alors à son propre secret, à ce qui avait été récemment une grande joie et qui était aujourd'hui devenu une peur coupable, car son enfant, si elle était enceinte, ne connaîtrait jamais son père, ni son amour.

— Sadie n'est pas ma femme, trancha-t-il enfin. Elle est mariée à mon frère Drax.

Manquant s'écrouler sous l'énormité de la révélation, elle se détacha de lui.

— Mais c'est impossible !

— C'est la vérité, et si tu ne veux pas me croire, demande aux intéressés.

Elle comprit qu'il disait vrai, mais elle n'en demeura pas moins chamboulée…

— Dans ces conditions, pourquoi m'as-tu laissé croire que Sadie était ta femme ?

Sa voix exprimait de la souffrance, et il ressentit une vive culpabilité. Il eut alors la terrible envie de la prendre dans ses bras, et de lui jurer qu'il ne la ferait plus jamais souffrir. Car n'était-il pas trop compliqué de lui expliquer par quels tourments il était passé depuis qu'il l'avait rencontrée ?

Pendant qu'il s'interrogeait, il l'entendit reprendre d'une voix lourde de tristesse :

— Je t'aime, Vere, mais je ne peux pas… Je ne suis pas assez forte pour avoir une relation avec un homme qui ne cesse de souffler le chaud et le froid.

Et bien sûr, elle ne pouvait pas non plus prendre ce risque pour leur enfant… De toute façon, elle ne lui dirait pas qu'elle pensait de plus en plus sérieusement être enceinte.

Secouant la tête, elle poursuivit :

— Je conçois qu'au début tu aies eu de bonnes raisons de te méfier de moi, et qu'à cause de cela tu te sois parfois éloigné. Mais après, une fois que tu as su la vérité…

Comprendrait-elle, s'il lui avouait tout ? L'aimerait-elle assez pour accepter sa vulnérabilité ? Il devait prendre le risque, il n'avait pas d'autre choix, décida-t-il. Il avait tellement envie de la serrer de nouveau dans ses bras et de l'y garder pour toujours.

Alors, poussant un soupir, il se lança :

— Ta présence me rappelait quelque chose… que je ne voulais pas admettre.

— Quoi ? demanda-t-elle, la gorge sèche.

— Ma vulnérabilité…

Sa voix se tendit tout à coup : il n'avait jamais été capable d'exprimer ce qu'il avait ressenti à la mort de ses parents, mais sa conscience le forçait à reconnaître qu'il devait cette vérité à Sam. En outre, il découvrait à sa grande surprise qu'il avait vraiment envie de lui en parler.

— Drax et moi étions de tout jeunes adolescents lorsque nos parents sont morts dans un accident. Nous étions une famille très unie, et mes parents étaient très épris l'un de l'autre. Les perdre de façon aussi inattendue fut un terrible choc, mais en tant que fils, nous devions prendre la relève de notre père, et notre devoir envers notre peuple et notre pays passait avant notre peine.

Il leva le bras en signe d'impuissance, et elle sentit son cœur se serrer, plein de compassion.

— C'est si dur à expliquer, poursuivit-il. Je ressentais à la fois de la terreur et de la colère face à cette disparition. Nous les aimions si fort ! Notre mère surtout… Elle était si aimante, chaleureuse… La douleur de sa perte s'est imprimée très profondément en moi, et j'ai décidé de faire en sorte qu'une telle souffrance ne m'arrive plus jamais.

Il fit une pause et chercha son regard.

— Ce que je vais te dire est difficile à avouer, mais je ne voulais pas t'aimer et j'ai lutté de toutes mes forces contre mes sentiments. Au début, j'ai pensé qu'il serait simple de nier ces sentiments et de les attribuer simplement au désir charnel.

Sam fit la grimace comme il poursuivait :

— Quand le serpent t'a attaquée et que tu as frôlé la mort, je ne pouvais pas croire que tu pourrais m'abandonner, mourir… Alors, j'ai compris que je t'aimais et pourtant j'ai continué à lutter contre cet amour.

— Pourquoi ? demanda-t-elle sur le ton du défi.

Comme il ne répondait pas, elle enchaîna :

— Tu estimais sans doute que je n'étais pas la femme qui convenait à un prince ?

— Non, lui assura-t-il avec douceur. Ne pense surtout pas une chose pareille ! Je savais que tu étais une femme tout à fait convenable pour moi et le Dhurahn, la seule femme envisageable, en fait... Et c'était précisément pour cette raison que je luttais si fort contre mon amour. Je refusais cet amour à cause de la mort de mes parents... Il n'y a jamais de bon moment pour perdre ses parents, mais en l'occurrence je n'étais pas du tout préparé à vivre sans eux, surtout sans ma mère. Je me suis senti abandonné, à l'époque, si vulnérable. Mes sentiments me submergeaient et pourtant j'étais devenu le souverain du Dhurahn, je devais être fort, dur...

— Mais tu n'étais qu'un enfant...

— Non, j'étais le nouveau chef d'Etat.

Elle eut un triste sourire.

— Pour m'en sortir, je me suis juré de ne plus jamais aimer une personne au point que sa perte me laisse complètement démuni. Et voilà que tu as surgi au détour d'un couloir, et détruit toutes les défenses que j'avais érigées. J'ai voulu ignorer l'assaut, mais ta mémoire me tourmentait toutes les nuits. J'ai voulu me persuader qu'il s'agissait juste d'une attirance physique. Quand je t'ai revue, comme j'ai été soulagé de pouvoir me raccrocher à l'impression que tu étais une intrigante. Mais voilà, l'amour suit son propre chemin, et il a été à la fin plus fort que moi. Et quand le serpent t'a mordue, j'ai compris qu'il était intact.

— Pourtant, dès que j'ai été rétablie, tu t'es de nouveau éloigné de moi.

— Il n'est pas facile de laisser tomber le masque que

l'on a porté pendant des années. Je t'aimais, mais cela ne voulait pas dire que tu ne me quitterais jamais. Mes craintes avaient refait surface, et pour être honnête, elles resteront toujours latentes... Malgré tout, je fais le pari de l'amour. Si bien sûr tu acceptes d'aimer et d'épouser un homme aussi peu digne de toi.

— Tu veux m'épouser ?

— Je veux m'engager avec toi, répondit-il avec tendresse. Tout à l'heure, quand je t'ai imaginée dans l'avion t'emportant pour toujours loin de moi, j'ai compris que ma vie n'aurait plus aucun sens. Tu es mon bonheur, Sam, pas ma frayeur. Tu es mon avenir et non mon passé.

Ce fut alors qu'elle déclara à son tour, d'une voix blanche :

— Je ne pouvais rester, pensant que tu étais marié, et alors que je t'aimais tant et que je voulais tellement un enfant de toi...

A ces mots, elle leva les yeux vers lui, et il fit un pas vers elle. Ils étaient à un souffle l'un de l'autre.

Elle déglutit avec difficulté.

S'ils avaient un avenir ensemble, elle lui devait l'entière vérité.

— Vere, je pense que je suis déjà enceinte...

Aussitôt, il l'agrippa par les bras et une lueur d'émotion brilla dans ses yeux.

— Tu portes notre enfant ?

— Je crois, je l'espère, mais il est bien trop tôt pour en être sûr.

— Mon amour ! s'exclama-t-il d'une voix rauque.

— Oh ! Vere !

Elle l'aimait et saurait lui faire oublier le petit garçon blessé qu'il avait été et l'arracher définitivement aux ombres du passé pour le conduire vers la lumière apaisante du soleil.

Elle se glissa contre lui, nouant ses bras autour de son cou pour déposer un long baiser sur ses lèvres.

— Tu es à moi, murmura-t-il contre sa bouche. Et autant te prévenir : jamais je ne te laisserai me quitter. Nous sommes faits l'un pour l'autre.

Puis il l'embrassa avec passion, jusqu'à ce qu'ils soient tous deux hors d'haleine. Détachant alors sa bouche de la sienne, elle lui dit :

— Dès le premier regard que tu as posé sur moi, j'ai compris que je venais de rencontrer mon destin. Nous sommes ensemble, maintenant et pour toujours.

— Oui, pour toujours, répéta-t-il, certain qu'il pouvait y croire.

Il l'enveloppa alors d'un regard reconnaissant et aimant. Sam lui avait redonné confiance en la vie, et l'avait ramené du pays des ténèbres. Un avenir radieux s'ouvrait désormais devant eux…

AU BRAS D'UN SÉDUCTEUR, Lynn Raye Harris • *N°3418*

« Et bien sûr, vous venez avec moi, Mademoiselle Black ! » Lorsque son patron exige qu'elle l'accompagne à une soirée professionnelle, Faith sent la panique l'envahir. Impossible de refuser, tant elle a besoin de son travail. Mais ne prend-elle pas un risque énorme en se rendant à cette réception à ses côtés ? Car, si elle sait que Lorenzo D'Angeli fait la une des journaux à chacune de ses apparitions en public, elle refuse, quant à elle, de devenir la proie des journalistes. Et il y a pire : en robe de soirée, une coupe de champagne à la main et au bras de l'homme le plus séduisant qu'elle ait jamais rencontré, sera-t-elle capable de résister au désir fou qu'il lui inspire ?

UN FIANCÉ SOUS CONTRAT, Michelle Conder • *N°3419*

Quand elle propose à Valentino Bianchi de jouer le rôle de son fiancé pour un déplacement professionnel, le temps d'un week-end, Miller sait qu'elle prend un risque énorme. Après tout, elle connaît à peine Valentino et, avec son physique époustouflant et son regard de braise, qui pourrait bien croire qu'il s'intéresse à elle ? Mais, une fois sur place, Miller comprend toute l'étendue de son erreur. La promotion pour laquelle elle a tant travaillé dépend entièrement de ce week-end : comment pourra-t-elle se concentrer alors que la simple vue de cet homme lui fait perdre tous ses moyens ?

POUR UNE NUIT D'AMOUR..., Helen Brooks • *N°3420*

Lorsque Mélanie se réveille contre le torse musclé de celui qui sera sous peu son ex-époux, elle sent la panique l'envahir. Ne s'était-elle pas juré de garder désormais ses distances avec Forde ? Comment a-t-elle pu oublier cette résolution, et passer une nuit passionnée entre ses bras, alors qu'ils sont sur le point de divorcer ? Profondément désemparée, Mélanie décide de s'enfuir avant qu'il ne se réveille. Mais quand, quelque temps plus tard, elle découvre qu'elle est enceinte, elle comprend que, cette fois, elle va devoir affronter Forde...

UN TROUBLANT DÉSIR, Anne Oliver • *N°3421*

Blake Everett ! Jamais Melissa n'aurait imaginé que l'homme dont elle est tombée follement amoureuse des années plus tôt, et qui a quitté la ville depuis plus de dix ans, ferait un jour irruption chez elle, au milieu de la nuit. Cela pourrait ressembler à une scène tirée d'un de ses rêves les plus fous, sauf que Blake affirme être le propriétaire du bateau sur lequel elle vit, et semble déterminé à récupérer son bien ! Pour Melissa, pas question de se laisser chasser. Mais la négociation serait plus facile s'il n'avait pas gardé le pouvoir d'éveiller en elle de délicieux frissons. Des frissons décuplés par le désir qu'elle voit briller au fond de ses yeux..

QUELQUES JOURS DE PASSION, *Sharon Kendrick* • *N°3422*

Arrogant, autoritaire et hautain, Titus Alexander, duc de Torchester, est l'homme le plus insupportable que Roxy ait jamais rencontré. Aussi, lorsqu'il lui propose de travailler pour lui à l'occasion de la grande fête qu'il organise pour son anniversaire, n'a-t-elle qu'une envie : lui dire ses quatre vérités et lui claquer la porte au nez. Hélas, après avoir perdu son emploi et son logement dans la même journée, elle a terriblement besoin de cet argent. La mort dans l'âme, elle se résout donc à accepter cette mission de quelques jours. Quelques jours pendant lesquels elle va devoir résister au désir que lui inspire, contre toute raison, cet homme qui ne lui cache pas, quant à lui, tout le mépris qu'il a pour elle...

LE DÉFI DE TRAVIS WILDE, *Sandra Marton* • *N°3423*

- Indomptables séducteurs - 3ème partie

Juste une expérience ? Travis Wilde est hors de lui. Ainsi, ce qui a été pour lui la nuit de passion la plus torride, la plus inoubliable de son existence - pourtant loin d'être monacale - n'était pour Geneviève qu'une vulgaire *expérience* ? Un simple moyen de perdre son innocence ? Furieux et blessé, il jette sans ménagement la jeune femme hors de chez lui. Pourtant, alors que les jours passent, il doit se rendre à l'évidence : Geneviève lui a fait perdre la tête. Et quand le hasard la remet sur sa route une semaine plus tard, il n'hésite pas une seconde avant de se diriger droit sur elle. S'il veut l'oublier, il doit d'abord assouvir son désir, et il ne reculera devant rien pour la remettre dans son lit...

L'HÉRITIER DE HAVERTON MANOR, *Melanie Milburne* • *N°3424*

Pour échapper au désir brûlant qu'éveillait en elle Eduardo Silveri, l'homme en qui son père voyait le fils qu'il n'avait jamais eu, Bella n'a plus mis un pied dans la vaste demeure familiale de Haverton Manor depuis des années. Mais, aujourd'hui, elle n'a pas d'autre choix que d'affronter Eduardo : depuis la mort de son père, il est son tuteur légal, et lui seul peut lui donner l'autorisation dont elle a besoin pour se marier. Hélas, dès qu'elle revoit Eduardo, Bella comprend que la partie est loin d'être gagnée. Non seulement il n'est pas du tout disposé à lui donner l'accord dont elle a besoin, mais le désir qu'elle éprouve pour lui est toujours aussi fort. Un désir auquel il lui est plus que jamais interdit de céder...

A paraître le 1er novembre

Best-Sellers n°585 • suspense

Jamais je ne t'abandonnerai - Antoinette Van Heugten

Son enfant est innocent. Elle le sait comme seule une mère peut en avoir la certitude. Pour défendre Max, elle aura tous les courages.

Que se passe-t-il ? Danielle Parkman ne reconnait plus son fils. Plus du tout. Pourtant, elle n'imagine pas un instant que la terrible maladie dont Max souffre ait pu transformer le petit garçon tendre et attentionné qu'il était en adolescent au comportement inquiétant. Certes, l'autisme est un mal étrange mais, quoiqu'en disent les médecins, elle seule connaît le cœur de son enfant. Et elle a confiance en lui.

Jusqu'au jour où Max est accusé du meurtre d'un patient hospitalisé dans le même établissement que lui. Sous le choc, Danielle est aussitôt assaillie par un terrible doute : se pourrait-il qu'elle se soit trompée ? Non, c'est impossible. Max n'a fait de mal à personne. Par chance, l'avocat Tony Sevillas, le seul qui semble la croire, fait tout pour défendre sa cause : avec lui, Danielle est prête à braver la peur et le doute pour que la vérité triomphe. Et jamais, jamais, elle n'abandonnera Max.

Best-Sellers n°586 • suspense

L'inconnu de Home Valley - Karen Harper

Une famille à chérir, un champ de lavande à cultiver, et la prière pour la guider. Ella connaît son bonheur de vivre auprès des siens, dans la paisible communauté amish de Home Valley, Ohio. Aussi est-ce avec une certaine inquiétude qu'elle voit arriver chez elle un *ausslander*, un étranger que ses parents ont accepté d'héberger à la demande du FBI. Cible de dangereux criminels contre lesquels il va témoigner, Andrew devra vivre caché sous l'identité d'un amish jusqu'au jour du procès.

Face à cette intrusion dans son univers, Ella se sent perdue. Car si elle est prête à aider Andrew, elle pressent aussi que ce dernier représente une menace pour sa communauté. Pour sa communauté, et pour son cœur, si elle en croit le trouble qui s'empare d'elle chaque fois qu'elle pose les yeux sur lui. Une crainte qui ne fait que se confirmer, lorsque la violence fait soudain irruption dans la vallée, la contraignant à fuir en compagnie du seul homme qu'il lui est interdit d'aimer…

Best-Sellers n°587 • thriller

Le couvent des ombres - Lisa Jackson

La cathédrale de La Nouvelle-Orléans… Au pied de l'autel gît le corps sans vie d'une jeune novice vêtue d'une robe de mariée jaunie. Autour de son cou, un collier de perles écarlates…

Camille, sa petite sœur adorée, est morte. Si seulement Valerie avait pu convaincre sa cadette de quitter ce couvent austère et angoissant, Camille serait vivante aujourd'hui !

Bouleversée, révoltée par ce meurtre, Valerie Renard, une ex-policière, décide de mener sa propre enquête, parallèlement à celle de Rick Bentz et Ruben Montoya, les inspecteurs chargés de l'affaire. Car Valerie le sait : le couvent Sainte-Marguerite n'est pas la paisible retraite que tout le monde imagine, et tous ceux qui y résident, du séduisant père Frank O'Toole à la sévère mère supérieure, semblent avoir quelque chose à cacher. Camille elle-même avait une vie secrète, des zones d'ombre que Valerie ne soupçonnait pas.

Une découverte qui pourrait faire d'elle, si elle découvrait la vérité, la prochaine proie du tueur.

Best-Sellers n°588 • roman

Retour au lac des Saules - Susan Wiggs

A présent que sa fille a quitté la maison, Nina Romano s'apprête à réaliser son rêve de toujours : racheter et rouvrir l'auberge du lac des Saules. Aussi est-elle furieuse d'apprendre que le domaine vient d'être vendu à Greg Bellamy, qu'adolescente elle aimait en secret. En secret, car Greg, le fils de riches propriétaires de la région, était d'un autre monde que le sien. Inaccessible et hautain, il l'avait fait souffrir, et à présent, de retour après un divorce mouvementé, il parvenait encore à lui voler sa part de bonheur…

Pourtant, quand il lui propose de s'associer avec lui, Nina hésite, déchirée entre sa méfiance envers ce rival déloyal, et son attirance pour un Greg encore plus séduisant qu'autrefois…

Best-Sellers n°589 • roman

Le parfum du thé glacé - Emilie Richards

Alors qu'une tempête menace les rivages coralliens de la presqu'île de Happiness Key, cinq femmes vont mettre à l'épreuve leur amitié et, en chemin, découvrir l'amour.

La vie amoureuse de Tracy Deloche, ancienne jet-setteuse, traverse une sérieuse zone de turbulences… Mais heureusement pour elle, elle a le soutien complice de quatre de ses amies, qui louent les petits pavillons qu'elle possède en bord de mer. Il y a la pétulante Wanda, toujours prête à rire, qui régale tout le monde de ses pâtisseries décadentes. Mais aussi Janya, la jeune et superbe Indienne qui, malgré un mariage arrangé compliqué, rêve de devenir mère. Ainsi qu'Alice, la courageuse Alice, qui élève seule sa petite-fille bientôt adolescente. Sans oublier Maggie, l'ex-policière et discrète fille de Wanda, dont la vie sentimentale chaotique n'a rien à envier à celle de Tracy.

Et tandis qu'histoires d'amour et de famille s'enchevêtrent avec tumulte, une tempête tropicale se prépare, rabattant en rafales secrets et surprises vers les rives de Happiness Key. Pour les cinq amies, c'est l'occasion de découvrir qu'elles ont plus que jamais besoin les unes des autres…

Best-Sellers n°590 • roman

Coup de foudre à Icicle Falls - Sheila Roberts

Avec consternation, Samantha découvre que la chocolaterie familiale, installée à Icicle Falls depuis des générations, est au bord de la faillite : la gestion fantaisiste et les dépenses mirobolantes du précédent directeur ont eu raison des finances de l'entreprise à laquelle elle est passionnément attachée. Pour l'aider à redresser la situation, Samantha ne peut guère compter sur ses deux sœurs, certes aimantes mais totalement incompétentes en la matière, ni sur sa mère, incapable d'accepter la réalité. Aussi n'a-t-elle qu'un seul espoir : convaincre le directeur de la banque de la soutenir. Sauf que le directeur en question, Blake Preston, est un arrogant play-boy totalement insensible. Et bien trop beau pour se donner la peine d'aider une jeune femme comme elle…

Best-Sellers n°591 • historique

Les secrets d'une lady - Nicola Cornick

Londres, novembre 1814.

Lady Merryn Fenner mène une double vie. Aux yeux de tous, elle est une lady comme les autres, une femme délicate et raffinée qui fréquente les salons et les salles de bal. Qui pourrait croire que sous ses dehors fragiles se cache une femme bien différente qui ne craint pas de travailler en sous-main pour le détective Tom Bradshaw, un homme au passé louche ? Ce travail, elle ne l'a accepté que pour une seule raison : trouver les preuves qu'elle cherche. Douze ans plus tôt, en effet, son frère a été tué en duel par Garrick Farne, un homme qu'elle aimait en secret. Or, elle a aujourd'hui toutes les raisons de croire qu'il s'agissait en réalité d'un assassinat. Un crime qu'elle veut absolument voir puni.

Best-Sellers n°592 • historique

Le clan des MacGregor - Nora Roberts

Glenroe, Ecosse, 1745.

Dix ans se sont écoulés depuis que, par une nuit glacée, Serena a vu les soldats anglais faire irruption dans le fief des MacGregor à la recherche de Ian MacGregor, son père, injustement accusé de meurtre. Dix ans qui n'ont rien effacé de la terreur qu'elle a éprouvée alors, et de l'horrible humiliation subie par Fiona, sa mère, violée par un officier lâche et cruel. Lors de cette nuit tragique, Serena est devenue une autre : la petite fille douce et innocente qu'elle était a brusquement connu la haine et la soif de vengeance, et s'est juré de ne jamais pardonner…

Depuis dix ans, pas un Anglais n'a franchi le seuil du manoir familial. Aussi est-ce avec une hostilité farouche que, sur ordre de son père, Serena accueille Brigham Langston, le fier et impétueux comte d'Ashburn, à qui son frère aîné doit la vie. Un aristocrate anglais qu'elle considère comme son pire ennemi, mais qui va la contraindre à un impossible choix…

Composé et édité par les
éditions HARLEQUIN
Achevé d'imprimer en octobre 2013

BRODARD & TAUPIN

La Flèche
Dépôt légal : novembre 2013
N° d'imprimeur : 3001824

Imprimé en France